그곳에 내가 있었네

그곳에 내가 있었네

글·사진 **조 성 진**

해뜰참

당신의 자리에 서다

『그곳에 내가 있었네』 추천사

『그곳에 내가 있었네』의 조성진 작가는 통이 크다. 아니 대단히 용감하다. 십 년 넘게 밥줄을 향해 달리던 그는 어느 날 아침 출근길에 불현듯 다른 방향으로 자동차 핸들을 꺾는다. 딱히 미래가 준비된 것도 아니었지만 "잠깐이라도 하고 싶은 일을 하는 삶이" 더 좋겠다는 생각으로 아내와 함께 세계여행을 떠난다. 여행의 목표는 지구를 한 바퀴 돌아오는 거였다.

사람들은 여행을 시작할 때 일반적으로 문명의 발상지라든가 접하지 못한 문화에 마음이 사로잡힌다. 하지만 작가의 여행 시작점은 다르다. 어린 시절 아버지가 환등기로 보여준 사진 한 장의 장소를 택한다. 인도네시아 자카르타에 있는 탑, 그 아래 아버지가 서 있었다. 아버지가 서 있던 그 자리에 자신도 서 보고 싶었다. 인도네시아를 거친 후

체코와 이탈리아, 프랑스, 스페인을 향한다. 그리고 쿠바까지 돌아보며 긴 여정을 마친다.

그는 치밀하고 세련되었다. 그리고 매우 스마트하다. 하지만 여행에 필요한 짐을 지고, 국경을 넘거나 환승을 하는 과정에 좌충우돌하기도 한다. 집시에게 괴롭힘을 당하고 여행경비 전체가 들어 있는 체크 카드를 분실도 한다. 체코의 해골 성당에서는 삶과 죽음의 다름을 마주하고 죽음의 냄새를 경험한다. 피렌체행 야간열차를 타고 갈 때 오스트리아와 이탈리아 중간 어디쯤에서는 세상에서 가장 슬픈 단어가 무엇인지 알게된다. 설렘 가득한 쿠바 방문에서는 눈물의 음식을 먹기도 하지만 막상 쿠바를 떠나면서는 쿠바를 사랑하는 자신을 알게 된다.

지구 한 바퀴의 여정을 통해 얻은 성취감을 그는 이제 여행담으로 엮었다. 각 나라를 다니면서 얻은 경험과 소통, 그리고 그 속에서 발견한 자신을 진솔하게 풀어낸다. 단순한 여행기 이상의 깊이를 느낄 수 있고, 각 페이지마다 독자의 시선을 머물게 한다.

그곳에 내가 있었네

"여행 준비물에 카레 가루와 백숙용 한방재료 세트만 마련하면 굶을 일은 거의 없다고" 말하는 작가는 이제 모름지기 여행전문가로 우뚝하다. 『그곳에 내가 있었네』는 삶의 고뇌와 기쁨, 슬픔과 희망이 녹아 있다. 작가가 직접 찍은 사진 또한 글과 잘 어우러져 현장감이 있다. 작가만이 아니라 독자도 그곳에 함께 있음을 느끼게 한다. 이 매력적인 여행의 순간들을 추천한다.

2024년 10월

한국산문문학회 수수밭길 회장 김 숙

그곳에 내가 있었네

프롤로그

여행의 시작

10년 가까이 근속하던 직장이었습니다. 어느 날 출근하는 길이었지요. 늘 차가 막히는 구간이었고 좌회전 한번, 우회전 한 번이면 회사에 도착하는 길이었습니다. 10분 정도면 충분한 거리였지요. 깜빡이를 켜고 좌회전 신호를 기다리고 있었습니다. 그런데 제가 갑자기 핸들을 좌측으로 완전히 꺾었습니다. 아마도 유턴하려 했던 것 같습니다. 이유는 알 수 없었습니다. 왜 반대 방향으로 돌아섰는지는…….

덤프트럭이 달려오고 있었지요. 다행히 사고가 나지는 않았습니다. 거친 브레이크 소리와 사자 울음 같은 클랙슨 소리에 놀랐고 그 상황에 더 놀랐습니다. 덤프트럭 기사에게 거듭 사과하고 차를 한쪽으로 세웠습니다. 핸들에 얼굴을 묻고 한동안 가만히 있었습니다. 출근 시간이 조금 지나니 회사에서 연락이 오더군요. 그날은 출근하지 못하겠다고 얘기했습니다.

곧바로 집으로 돌아와 하루 종일 멍하게 있었던 것 같습니다. 그리고 왜 그랬을까, 왜 핸들을 돌렸을까를 끊임없이 생각해 봤지만 이유는 하나가 아니었습니다. 그길로 아내와 결정했습니다. 회사를 그만두기로 말이죠. 계속 직장을 다니다가 어찌 되는 것보다는 잠깐이라도 하고 싶은 일을 하는 삶이 더 좋지 않겠나 하는 생각이었지요. 내일에 대한 대비는 전혀 없었습니다. 가지고 있는 거라고는 직장을 그만두면 나올 1년 연봉 정도 되는 퇴직금뿐이었습니다. 어떻게든 살아질 거라는 막연한 생각만 했습니다. 무척 어리석은 생각이지요. 지금도 그때의 어리석은 생각만 가지고 살고 있는지 모르겠습니다.

직장을 그만두고 무얼 할지 고민하고 있을 때, 아내가 여행을 가자고 했습니다. 그리고 계획은 제가 세웠습니다. 여행의 목표라고 해야 할까요. 지구를 한 바퀴 돌아오기로 결정했습니다. 비행기에서 밤과 낮을 겪어보고 엄청난 시차도 경험해 보고 날짜 변경선을 지나며 시간이 휙 하고 지나는 경험을 해보고 싶었습니다. 세계 지도를 펼쳤습니다. 어디를 향해야 할지, 그리고 긴 여행에서 하고 싶은 일은 무엇인지, 가고 싶은 곳은 어디인지를 고민했습니다. 그 시간이 참 좋았습니다. 여행은 계획을 하는 순간부터 떠

그곳에 내가 있었네

나는 일이니까요. 그리고 첫 여행지는 인도네시아 자카르
타로 정했습니다. 어릴 적 처음 봤던 사진 속 장소가 바로
그곳이었습니다. 아버지가 서 있던 그 자리에 저도 서 있고
싶었습니다. 여행 전에 아버지가 몸담았던 회사 홍보팀에
메일을 보냈습니다. 하지만 시간이 오래 지나 아버지가 근
무했던 현장이 어디인지 알 수 없다고 하더군요. 그건 많이
아쉬웠습니다.

　　좌충우돌하는 일도 있었지요. 리턴 티켓도 없이 편도로
해외여행이 불가능하다는 것을 새롭게 알게 됐고, 여행 경
비 전체가 들어있는 체크카드를 분실하기도 했습니다. 파
리에서는 소매치기도 만났고, 유럽 열차 안에서는 불심검
문에 걸린 난민
도 만났습니다.
따뜻하게 도움
을 주는 사람도
있었고 냉대하
는 사람도 있었
습니다.

여행을 다녀온 직후에는 여행지에 대한 추억과 그곳에서 먹었던 음식이 떠올랐습니다. 하지만 시간이 지나면서 가슴속에는 여행에서 만난 사람만 남았습니다. 여행지의 그리움은 사진으로 남았고, 혀가 기억하고 있던 맛은 우리나라 음식에 씻겨졌습니다. 하지만 사람 이야기는 글로 남겨두려 했습니다. 제가 기억하는 바로 그 사람들의 이야기를 담으려고 노력했습니다. 그런데 기억 속의 사람 이야기란 것이 결국 제가 하는 저의 이야기가 되더군요.

여행하면서 기록을 잊지 않았습니다. 그날 있었던 중요한 사건이나 기분, 느낌, 생각을 한 줄 정도 스케치하는 마음으로 적어두었습니다. 여행에서 돌아와서 그 기록을 한동안 들여다보았습니다. 그리고 글로 옮기기 시작했습니다. 하루에 한 편, 혹은 여행지 한 곳에 한 편으로 글을 썼습니다. 글로 옮기고 블로그와 브런치에 사진과 함께 글을 올렸습니다. 제법 뿌듯했습니다. 조회수도 나쁘지 않았고 구독자도 조금 늘어났습니다. 제가 무엇이나 된 것처럼 어깨도 좀 올라가더군요. 하지만 그뿐이었습니다. 더 이상이 없었습니다.

그곳에 내가 있었네

그간 써두었던 글을 다시 살폈습니다. 무척 초라했습니다. 처음 글을 쓸 때는 괜찮은 글이라고 생각했는데 다시 살펴보니 어디를 갔고 무얼 먹었고 무얼 보았고 좋았다는 식의 글이었습니다. 맥락 없는 글이었지요. 제가 쓰고 싶은 글이 무엇인지도 알지 못했던 것 같습니다. 이곳저곳 다니면서 글쓰기를 가르쳐 준다는, 그리고 책 내는 법을 알려준다는 강좌를 찾아 들었습니다. 그것도 그뿐이었습니다. 그러다가 지인의 추천으로 서울디지털대학교 문예창작학과에 편입했습니다. 그리고 그곳에서 만난 문우들과 함께 글을 쓰고 이야기를 나누다가 제가 쓰고 싶은, 그리고 제 가슴속에 있는 글이 무엇인지 알게 되었습니다. 이제 몇 편의 글을 사진과 함께 실어 세상에 내놓고자 합니다.

몇몇 출판사 문을 두드렸지만 제 손으로 디자인과 편집을 해서 책을 만들고 싶었습니다. 그리고 많은 지인의 도움으로 이렇게 책이 나오게 되었습니다. 표지 디자인을 멋지게 해준 10대 시절 친구 준명이에게 고맙다는 말을 전합니다. 많이 부족한 글에 추천사를 써준, 글을 닮고 싶은 김숙 작가님께 감사드립니다. 이 책이 나오기까지 출판 관련

일에 조언을 많이 해준 해뜰참출판사 김영도 대표님에게
도 감사하다는 말씀 드립니다. 이 책에 펀딩방식으로 후원
을 해준 많은 분들에게도 감사하다고 전합니다. 여러분들
덕분에 예쁜 책이 나올 수 있었습니다. 서툰 문장에 생기를
넣어준 박윤정 작가님께도 머리 숙여 감사드립니다. 그리
고 무엇보다 40대 중반에 백수가 되어도 괜찮다고 등 두드
려 주며 어떻게든 살 수 있다고 용기를 준, 여행을 함께 하
고 제가 하는 일에 늘 박수를 보내는 사랑하는 아내에게 무
한히 고맙다고 그리고 사랑한다고 전합니다.

　　이 책이 나오기까지 관심 가져준 모든 분에게 머리 숙
여 인사드립니다. 감사합니다. 🔲

그곳에서 시작하다

자카르타, 인도네시아

세계 일주를 결심했지만, 첫 번째 여행지를 어디로 가야 할지 결정 못 하고 있었다. 여행 블로그를 뒤져보고 유튜브 영상도 찾아보며 며칠 동안 고민했다. 시차의 충격을 덜 받으려면 서쪽 방향으로 지구를 한 바퀴 도는 게 유리하다는 이야기를 들었다. 그렇다면 중국이 좋을지, 조금 더 지나 베트남이 좋을지, 캄보디아나 태국은 어떨지 생각만 하면서 또 며칠이 지났다. 그러다가 어릴 적 봤던 사진 한 장이 생각났다.

서너 살 때쯤의 기억이다. 오래간만에 집에 온 아버지는 저녁을 먹기 전, 방 한쪽 벽을 완전히 덮는 커다란 흰색 천을 걸었다. 서둘러 설거지를 마친 엄마는 앞치마에 손을 닦으며 자리를 잡았고, 모두 모인 걸 확인한 아버지는 방의 불을 껐다. 캄캄해졌다. 어둠이 두려워 엄마 옆으로 슬쩍 엉덩이를 옮겼다.

아버지는 작은 검은 상자처럼 생긴 기계의 스위치를 켰다. '부웅' 하는 작은 모터가 만드는 바람 소리가 들리면서 방 한쪽이 서서히 밝아졌다. 흰 천에 밝은 네모가 그려지고

'철컥, 스윽' 하는 리드미컬한 소리가 들렸다. 그리고 커다란 사진 하나가 나타났다. 아버지는 그 기계를 환등기라고 불렀다. 정확한 명칭이 슬라이드 영사기라는 것을 알게 된 건 한참 후의 일이다. 툭 튀어나온 눈알 하나에서 쏘는 눈부신 빛은 세계에 존재하는 모든 색깔을 쏟아냈다. 눈알을 돌리면 뿌옇게 보이던 사진이 선명해지기도 했다. 내 키보다 훨씬 커다란 사진은 한쪽 벽면을 가득 채웠다. 태어나서 처음 보는 다른 나라였다. 어둠 속에서 만난 외국은 무척 밝았다.

"저 탑 꼭대기에 있는 거 있지? 그게 황금이야. 순금 1톤으로 만든 거지."

"그래서 훔쳐 가지 못하게 높은 데 올려놓은 거예요?"

환등기는 '철컥' 소리를 내며 다음 사진을 보여주었지만 내 머릿속은 탑 꼭대기의 황금과 그 앞에서 허리에 손을 올리고 서 있는 아버지의 모습으로 가득했다. 자신감 가득한 아버지의 모습이었다. 커다란 황금이 있는 높은 탑과 함께 사진을 찍는 사람이 바로 내 아버지였다. 그것도 아주 먼 외국에서 말이다.

그 사진을 보기 이전의 아버지에 대한 기억은 전혀 없다. 외국 건설 현장에서 크레인을 운전하는 아버지는 한번 출국하면 언제 돌아올지 알 수 없었다. 아버지는 먼 나라, 더운 나라에서 짙은 피부색을 가진 사람들과 함께 일하는 사람이었다. 아버지와의 첫 번째 추억과 처음으로 본 외국의 모습은 그렇게 기억에 남아있었다.

'그래, 거기에 가보자. 내가 처음 알았던 외국, 거기로 가자.'

그 사진을 찾아야 했다. 사진 앨범을 뒤졌고 서랍을 뒤졌다. 기억에 남아있는 그 사진이 분명 어딘가에 있을 거라고 믿었다. 보일러가 놓여있는 창고에서 아버지가 남긴 유일한 유품인 환등기. 그 박스 안에서 뒤섞여 있는 많은 슬라이드 필름을 찾아냈다. 그 슬라이드 필름들을 모조리 확인해 보는 수밖에 없었다. 날이 어두워지기를 기다렸다.

'작동될까?'

미간을 찌푸리며 아버지가 조작했던 모습을 떠올렸

다. 기억을 더듬었다. 이렇게 하면 되는 걸까. 아버지가 했던 행동을 하나씩 떠올렸다. 110볼트, 220볼트, 전압을 확인했다. 콘센트를 연결하기 전 심호흡을 했다. 후우. 오른손 검지에 힘을 주어 스위치를 켰다.

- 딸깍, 부웅.

환등기가 내는 바람 소리가 잊혀진 기억 속에서 다시 살아났다. 기계 속 먼지가 밖으로 쏟아져 나왔다. 튀어나온 렌즈를 막고 있는 뚜껑을 열었다. 컴컴했던 거실이 환하게 밝아졌다.

'아! 살아있었구나.'

바람 소리와 함께 풍겨 오는 오래된 환등기 냄새가 아버지 냄새 같았다. 환등기가 뿜어낸 먼지 속에서 기억이 하나씩 떠올랐다. 몇 개의 필름을 트레이에 끼워서 작동시켰다. 렌즈를 돌려 초점을 맞췄다.

- 철컥, 스윽, 우웅.

세 단계의 리드미컬한 검은 기계 소리는 저 기억 깊은 곳 어딘가에 묻혀있던 나를 깨웠다. 울컥했다. 아버지에 대한 그리움인가, 유년 시절에 대한 반가움인가, 지나온 시간

그곳에 내가 있었네

에 대한 감사함일까. 답 없는 질문들이 스쳤다. 손도 대지 못하게 했던 기계를 만지고 있는 것도 묘한 기분이 들었다. 뒤섞여 있는 슬라이드 필름을 정리하고, 몇 개의 트레이를 바꿔가면서 사진을 넘겼다. 넘어가는 사진들 속에서 기억에 가라앉아 있던 낯익은 사진들이 보였다.

빨간 간판이 있던 어느 외국의 길거리, 황톳빛 벽돌로 만들어진 건물, 차도와 인도 구분이 없는 길거리. 흰색 천을 머리에 쓴 외국인과 있는 아버지. 기억을 돌려주는 슬라이드 필름을 한참 동안 넘겼다. 그러다가 바로 그 사진을 찾았다. 그곳이 어디인지  알아내야 했다. 알고 있는 정보는 인도네시아와 높은 탑이라는 단 두 개뿐. 컴퓨터 앞에 앉아서 검색했다.

이름은 '모나스MONAS-Monumen Nassional'. 인도네시아 자카르타에 있다고 했다. 네덜란드 동인도 식

민지에서 벗어난 기념으로 세워진 탑, 높이는 132미터, 꼭
대기에 있는 횃불 모양의 조형물은 알루미늄 덩어리에 금
박을 입혀놓았다고 했다. 모니터를 보고 있는 내 입꼬리가
올라갔다. 아버지는 분명 순금 덩어리라고 했는데, 잘못 알
고 있었을까 혹 과장해서 이야기해 주었을까. 궁금했지만,
그 이상은 알 수 없다는 걸 알게 되기까지는 많은 시간이
필요하지 않았다. 슬그머니 배어 나오는 미소를 안고 지도
에 표시했다. 그렇게 세계 일주의 첫 여행지를 인도네시아
자카르타로 결정했다.

  자카르타에 도착했다. 자카르타는 볼거리가 많지도 않
고 여행하기 좋은 도시도 아니었다. 도로는 혼잡했고 대중
교통은 이용하려는 시도조차 못 할 정도로 복잡했다. 교통
을 분산시키기 위해 만들었다는 버스 전용 고가차도는 그

그곳에 내가 있었네

도로를 받치고 있는 기둥 때문에 도시를 더 혼잡하게 만들었다. 아버지가 있던 자카르타도 이렇게 복잡했을까. 아버지가 이곳에 있었을 때 어떤 생각을 했을까. 이국 사람이라며 멸시나 천대를 받지는 않았을까. 그때는 인도네시아가 훨씬 더 부유했다고 하던데, 못사는 나라에서 온 노동자라며 무시당하지는 않았을까. 이렇게 더운 나라에서 아버지는 긴 시간을 어떻게 버텼을까. 겨우 두 돌이 지난 아들과

아내를 떼어놓고 적도의 태양 아래에서 지내야 하는 매일
은 어땠을까. 지금의 나보다 젊은 아버지는 무엇을 위해 이
곳에 서 있었을까. 수많은 질문에 답을 해줄 아버지가 지금
은 계시지 않는다.

　딥고 혼잡한 자카르타에서 모나스를 찾았다. 아버지가
서 있었던 곳으로 짐작되는 곳에 서서 비슷한 포즈로 사진
을 찍었다. 사진 속의 아버지는 지금의 나보다 젊다. 아들
보다 젊은 아버지, 아버지보다 나이가 많은 아들이 시간을
초월해 같은 곳에 서 있었다. 뜨거운 자카르타 하늘 아래,
나보다 젊은 그의 품에서 한동안 하늘을 올려다볼 수밖에
없었다. 땀이 흘러 눈에 들어갔다. 더운 나라여서 그랬던
걸까. 흐르는 눈물은 무척 뜨거웠다.

죽음의 냄새

쿠트나호라, 체코

여행은 우연의 연속이다. 놓친 버스가 고장나서 나보다 뒤처지는 일은 영화에만 존재하지 않는다. 체코에 있는 작은 도시 쿠트나호라Kutnà Hora를 찾은 일도 우연이었다.

프라하에 머문 지 열흘이 넘어가고 있었다. 고해성사의 비밀을 지키다가 황제에게 혀가 잘려 순교한 얀 신부 동상이 있는 카를교Karlův most라든가 성 비투스 대성당Katedrála svatého Víta은 무릎 나온 트레이닝복에 슬리퍼 차림으로 나서도 될 만큼 익숙해져 있었다. 더군다나 숙소 아래층의 펍 주인과는 눈인사를 주고받으며 지낼 정도였다. 슬슬 프라하를 떠나 다른 경험을 하고 싶은 욕구가 스멀스멀 피어올랐다. 하지만 다음 목적지인 체스키크룸로프Český Krumlov를 향하는 기차 티켓은 나흘이나 더 기다려야 했다. 숙소에서 뒹굴거리며 넘겨보던 뉴스의 헤드라인 하나가 눈에 들어왔다.

예의 없는 셀카 촬영 - 체코 '해골 성당' 촬영 제한

프라하에서 두 시간 거리에 사람 해골로 장식한 성당이 있다고 했다. 미스터리를 다루는 방송에서 세계에서 가장 희귀한 장소라며 소개하던 장면이 떠올랐다. 많은 유골이 발견되고 그 유골로 지하 성당을 장식해 두었다면서, 인간의 어두운 면을 찾아다니는 일명 다크투어의 단골 소재가 되는 곳이라는 소개였던 게 떠올랐다.

뉴스 기사에 따르면 일부 여행자가 장식된 해골에 선글라스를 씌운다든가 입을 맞추기도 하고, 심지어 담배를 물리거나 모자를 씌워놓고 기념 촬영을 한다는 것이다. 그래서 앞으로 사진 촬영이나 입장을 위해서는 관할 주교의 허락을 받아야 할지도 모른다고 했다. 지금 당장 그곳에 가야 할 충분한 이유가 생겼다. 노트북에 지도를 열어 위치를 확인하고 경로를 탐색했다. 이튿날 다녀오기로 했다.

이른 아침 프라하 중앙역에서 쿠트나호라행 열차를 탔다. 프라하를 벗어나니 열흘 동안 푸르기만 하던 하늘이 옅은 잿빛으로 서서히 바뀌었다. 유럽에서 첫 기차여행은 두 시간이 채 걸리지 않았다. 아침이 시작되는 시간에 도착한

그곳에 내가 있었네

열차였지만 제법 많은 여행자가 함께 내렸다. 기차역을 둘러보느라 제일 늦게 역사를 빠져나왔다. 여행자 무리 제일 뒤에서 그들을 따라 걷기 시작했다. 해골 성당까지는 걸어서 20분. 낯선 곳에 도착했을 때 느낄 수 있는 흥분과 긴장이 조금 더 짙은 잿빛으로 변한 하늘과 함께 찾아왔다.

역을 벗어나니 주변에는 아무것도 보이지 않았다. 왕복 4차선 도로가 역에서 마을입구까지 놓여있었지만, 간혹 승용차와 농기계가 지나갈 뿐이었다. 길옆에는 잡풀이 자라있었고, 바람에 날리는 록 밴드 공연 포스터는 지역색에 맞춘 건지 해골이 그려져 있었다.

길모퉁이 어느 식당 앞에서 담배를 피우고 있던 아저씨와 눈이 마주쳤다. 아저씨는 입에서 담배를 빼 들고 손을 들어 인사했고 나 역시 손을 들어 답했다. 아저씨는 눈을 찡긋하며 웃어주었다. 모퉁이를 돌아 조금 더 안쪽으로 들어가니 검은색 벽 위에 시멘트로 만든 해골 장식이 눈에 들어왔다. 그 앞에 얀 신부가 프라하 카를교에 서 있는 모습 그대로 십자가를 안고 서 있었다. 얀 신부는 체코의 수호성인이다.

　담장을 에둘러 정문으로 들어섰다. 마당에는 제법 많은 대리석으로 장식한 무덤이 줄지어 늘어서 있었고, 한쪽에는 새로운 무덤을 만드는지 대리석 자르는 날카로운 소리가 귀에 거슬렸다. 담장 안쪽은 지금도 사용하고 있는 공동묘지였다.

　무덤을 잠시 둘러보고 한가운데 서 있는 작은 건물, 낡은 나무 문이 비스듬히 젖혀져 있는 곳으로 들어섰다. 집

은 주황색 백열등이 켜져
있었지만 실내는 밝지 않
았다. 어둠에 익숙해지기
까지는 오랜 시간이 걸리
지 않았다. 천천히 계단
을 내려섰다. 스무 개 남
짓한 계단을 절반쯤 내려

섰을 즈음, 처음 맡는 냄새가 구멍을 찾아 들어가는 뱀처럼
내 안으로 미끄러져 들어와 머릿속 깊은 곳을 때렸다. 찡하
는 소리가 났다. 차가운 얼음을 급하게 먹었을 때와 비슷했
다. 냄새는 시큼하지도 않았고 메스껍지도 않았다. 구수함
과는 거리가 있었지만 그렇지 않다고 말할 수도 없었다. 흔
히 지하실에서 올라오는 특유의 습한 냄새도 아니었고 무
언가 탈 때 나는 냄새도 아니었다. 아주 오묘한 이 냄새를
내 기억 속에 있는 많은 냄새와 하나씩 맞춰보았지만 알 수
없었다. 처음 맡는 냄새였다. 나중에 알았지만, 내가 맡은
냄새는 칼슘과 단백질이 분해될 때 나는 냄새라고 한다.

그곳에 내가 있었네

　이곳의 정확한 이름은 세들레츠 납골당Kostnice v Sedlci.
납골당이 되기 전에는 작은 수도원이었다. 한때 이 도시에
은광이 발견되어 많은 사람이 들어왔다. 당시에는 프라하
보다 인구가 더 많았다고 한다. 종교전쟁과 오스트리아의
정복 기간을 거쳐서 이곳에도 흑사병이 찾아왔다. 흑사병
으로 사망한 사람의 시신이 도시 곳곳에 방치되자 이곳에
있던 수도사가 거둬들였고, 후에 전쟁에서 죽은 사람들도

이곳에 함께 묻히게 되었다. 묻혀있는 영혼을 위해 기도하던 수도사는 자신의 삶이 끝나기 전에 편지 하나를 써서 남겼다.

'이곳에 잠든 영혼을 보살펴 주길⋯⋯.'

한동안 버려져 있던 이 수도원을 슈와츠젠버그 가문의 한 남작이 사들였다. 별장으로 사용하려고 공사하던 중에 편지와 함께 엄청난 수의 유골이 발견되었다. 남작은 수도사의 유언을 받아들이기로 하고, 조각을 전문으로 하는 목각사를 고용해 수도원에서 발견된 유골로 내부를 장식하고 망자의 영혼을 위로했다고 한다.

지하 내부는 해골과 넓적다리뼈, 갈비뼈 등으로 사방이 장식되어 있었다. 뼈로 된 샹들리에, 갈비뼈와 넓적다리뼈, 어깨뼈로 만들어진 슈와츠젠버그 가문의 문장도 보였다. 또 이 모든 장식을 만든 목각사 이름이 가느다란 뼈로 한쪽 벽에 새겨져 있었다. 천장에도 유골들이 주렁주렁 매달려 있었다. 지금도 지하 한편에서는 유골 발굴 작업이 진행되고 있다. 지금까지 약 4만 구나 되는 시신이 발견되었는데 그중 1만 구의 유골로 장식했다고 한다.

지하공간을 가득 채우고 있는 냄새의 성분은 과학으로 밝혀낼 수 있겠지만, 내 코로 들어온 그 냄새가 바로 이곳이 삶과 죽음이 맞닿아 있는 곳임을 알려주고 있었다. 이 냄새는 죽음의 냄새였다.

지하 한쪽에는 십자가에 매달린 예수가 있었다. 숨이 끊어진 채 십자가에 매달려 있는 예수 모습이 수많은 유골보다 더 처연했다. 거죽이 말라버린 해골과, 숨이 끊어진 채 거죽이 붙어있는 예수, 그리고 그 앞에서 거죽과 숨이 모두 붙어있는 나를 살폈다. 삶과 죽음은 무엇으로 나뉘는 걸까. 거죽이 붙어있고 숨이 붙어있으면 살아있다고 말할 수 있는 걸까. 여기에 있는 모든 죽음은 서로 같은 걸까. 알 수 없었다. 4만 개나 되는 해골과 십자가에 매달려 있는 예수 앞에서 나는 죽음의 냄새를 맡고 있었다. 🔲

이발사의 다리

체스키크룸로프, 체코

해는 아직 뜨지 않았다. 가을이 깊어져 가는 만큼 해 뜨는 시간이 늦어지고 있었다. 보름 동안 머물던 숙소에서 아침 7시에 길을 나섰다. 그간 정이 들었던지 4층에 있는 숙소 창문을 연거푸 돌아봤다. 두어 번쯤 돌아봤을까. 숙소 주인 토마스Tomas가 그런 것인지 보름 동안 묵었던 방에 조명이 켜졌다. 여행자의 길을 밝혀주는 등대처럼. 그렇게 프라하와 이별을 시작했다.

체스키크룸로프는 어떤 곳일까, 사람들은 친절할까, 우크라이나에서 겪은 막무가내 불친절을 또 겪지는 않을까. 경험하지 못한 것에 대한 막연한 걱정이 시작됐다. 하지만 걱정으로 해결되는 게 없다는 건 여행을 해온 시간으로 알고 있었다. 걱정은 접고 기대만 하기로 했다.

신형 트램을 타고 도착한 프라하 중앙역. 대합실에 놓여있는 낡은 피아노를 허름한 차림의 여행자가 연주하고 있었다. 열차를 기다리며 피아노 소리를 듣고 있는 다른 여행자들 얼굴에서, 떠오르는 프라하의 일출을 볼 수 있었다. 프라하를 떠나는 아쉬움을 낡은 피아노 소리와 여행자의 얼굴로 채웠다.

열차의 좌석은 우리나라와 마찬가지로 양쪽으로 두 줄이 나란히 놓여있었다. 비어있는 좌석에 앉아 잠시 숨을 돌렸다. 열차는 바로 움직였다. 프라하를 벗어나자 온통 초원이었다. 건물이나 작은 마을도 보이지 않았고 광고를 위한 간판도 볼 수 없었다. 하늘과 닿아있는 초록색 땅이 전부였다.

체코 최남단 도시이자 열차의 종착역인 체스키크룸로프까지 세 시간 정도 걸렸다. 승객 대부분이 전 역인 체스키부데요비체České Budějovice에서 내렸기 때문에 열차에서 내리는 사람은 우리 부부를 포함해 대여섯 명이 전부였다. 옅은 구름이 끼어있는 날씨였다. 프라하에서 남쪽으로 내려와서인지 따뜻하게 느껴졌다. 대중교통은 열차 도착시간에 맞춰 마을 중심으로 향하는 버스뿐이었다. 작은 역사를 구경하고 사진을 찍느라 조금 지체했던 탓일까, 버스정류장은 텅 비어있었다. 다음 버스는 열차가 도착하는 네 시간 후에나 온다는 말을 들었다. 택시는 구경할 수 없었다. 핸드폰에 지도를 열어놓고 걷기 시작했다. 30분 정도를 걸어야 하는 거리였다. 큰 배낭을 메고 캐리어를 끌고, 아내는 작은 배낭을 앞뒤로 메고 걷기 시작했다.

때마침 같은 방향으로 걷던 아저씨가 어디서 왔는지, 왜 왔는지를 물었다. 짧은 대답이 끝나기 무섭게 체스키크룸로프 자랑을 시작했다. 역사가 깊은 곳이고, 예쁜 건물이 많고, 전설도 많고……. 영어로 말하던 아저씨가 답답했던지 갑자기 체코말을 시작해서 도무지 알아들을 수가 없었다. 고개를 끄덕이며 미소로 답했다. 아저씨 열정에 엄지손가락을 들어주며 인사를 대신했다. 아저씨에게서는 짙은 담배 냄새가 났다.

땀을 조금 흘리며 걷다가 앞을 가로막고 있는 커다란 건물과 마주쳤다. 크룸로프성과 협곡 건너편에 있는 정원을 연결하는 다리인데, 처음에는 목재로 만들었다가 나중에 석조 기둥을 세우고 다리를 건설했다. 그 위에 3층으로 회랑을 만들어 지금 모양이 됐다. 우리말 이름은 망토다리, 영어로는 Casing Bridge라고 부른다.

도시를 휘감고 돌아 나가는 강 이름은 블타바Vltava, 프라하를 남북으로 가로지르는 강과 같은 줄기이다. 이 강은 체코와 독일 국경 근처에서 시작해서 동쪽으로 흐른다. 체스키크룸로프를 휘감고 북쪽으로 방향을 틀어 프라하 북쪽에서 라베Labe강에 합류하는 긴 강이다. 이 강은 다시 독일로 흐르면서 이름이 엘베Elbe강으로 바뀐다. 강을 끼고 있는 여느 도시처럼 강 주변에 많은 레스토랑과 카페가 있었다. 레스토랑이 모여있으니 관광객도 많았다. 옅게 끼어있던 구름도 슬슬 걷히면서 빨간 지붕과 대비되는 파란 하늘이 드러나기 시작했다.

예약해 둔 숙소에 도착했다. 오래전 수도원으로 사용하던 건물이라고 호스트가 소개해 주었다. 빨간 기와지붕과 흰색 회벽, 두꺼운 나무 문에서 수도원으로 사용되었음을 짐작할 수 있었다. 호스트는 마을 지도를 펼쳐서 식당과 슈퍼마켓 영업시간을 설명해 주고 매일 아침 10시에는 도시 광장에서 무료로 진행하는 투어가 있다고 알려줬다.

예약한 방은 입구에서 계단을 한 층 더 내려가야 있었는데 숙소 뒤편에서는 2층처럼 보였고, 단독으로 사용할 수 있는 화장실이 딸려있었다. 중세를 배경으로 한 영화 세트장을 구경하는 느낌이었다. 낡은 재봉틀을 개조한 테이블과 지금은 사용하지 않는 무쇠 난로, 조금은 유치한 듯 우스꽝스럽게 그려진 벽화가 중세 시대 느낌을 더해주었다. 마을 전체가 중세 시대 모습을 간직하고 있으니 현대식 호텔보다 조금 불편해도 만족할 수 있었다. 방 뒤편에는 작은 뜰로 통하는 문이 있었는데 시골 외할머니 댁에 놀러 왔다는 착각이 들 만큼 평온했다. 뒷마당에는 닭을 키우면 좋겠다는 생각도 들었다.

짐을 풀고 늦은 점심도 해결할 겸 길을 나섰다. 작은 도

시는 카메라를 들기만 하면 작품이 됐다. 별다른 포즈나 구도를 잡을 필요도 없었다. 바닥에 깔린 돌을 찍어도 예쁜 패턴이 완성됐다. 좁은 골목이지만 그 틈으로 보이는 조각 하늘, 그 끝자락에 보이는 크룸로프성의 둥근 탑이 멋있었다. 거기에 더해 이따금 불어오는 바람이 행복한 느낌을 만들어 주었다. 시간은 시원한 초록의 여름에서 따뜻한 빛깔의 가을로 가고 있었다.

블타바강을 가로지르는 이발사의 다리를 찾았다. 다리는 프라하에 있는 카를교를 짧게 줄여 옮겨놓은 듯했다. 카를교는 돌로 만들었고 이발사의 다리는 나무로 만든 게 달랐다.

16세기, 정신질환을 앓고 있던 루돌프 2세의 아들 줄리어스는 이곳에서 요양하고 있었다. 줄리어스는 한눈에 반한 이발사의 딸과 결혼했지만, 정신질환에 더해 의처증이 심했다. 아내가 된 이발사의 딸은 남편의 폭력을 피해 친정집에 몸을 숨긴다. 그러나 줄리어스는 숨어있던 아내를 찾아내 죽인다. 자신이 아내를 죽였다는 사실을 기억하지 못

하는 줄리어스는 범인을 찾겠다며 다리 위에 마을 사람을 모아놓고 하나씩 처형하기 시작했다. 이를 보다 못한 이발사는 자신이 딸을 죽였다고 거짓 자백을 했고 줄리어스가 이발사를 처형함으로 사건이 마무리됐다고 전해진다. 그 이후로 다리를 이발사의 다리라고 부르게 됐다고 한다.

다리에는 카를교에 있는 얀 신부 동상이 똑같은 모습으로 서 있고 그 맞은편에는 커다란 십자가가 놓여있다. 다리 위에는 악기를 연주하는 악사가 보이기도 했는데 정식 라이선스를 받은 연주자는 아닌 모양이었다. 순찰차가 나타나면 황급히 짐을 챙겨서 사라졌다.

오후 3시를 지나가는 시간, 갑작스레 마을이 한산해졌다. 다리 위에도, 블타바강 주변 레스토랑에도 관광객 수가 줄어들었다. 체스키크룸로프는 단체 관광객의 경유지였다. 오스트리아 잘츠부르크와 체코 프라하 중간에 있어 단체 관광객들이 대여섯 시간 정도 들렀다가 떠나기에 안성맞춤인 곳이었다. 사람이 없는 마을은 더 고즈넉하고 아름다웠다. 북적이는 관광지에서 호젓한 시골 마을로 바뀐 체

그곳에 내가 있었네

스키크룸로프는 더 작은 마을이 됐다. 관광객이 줄어든 이발사의 다리를 다시 찾았다. 북적이지 않는 다리에 서 있으니 전설이 더 구슬프게 느껴졌다. 마을 사람을 살린 이발사의 희생과 고해성사 비밀을 끝까지 지킨 얀 신부의 순교를 떠올렸다. 정의로운 죽음과 고통스러운 삶 중에 하나를 선택해야 한다면 나는 어떤 선택을 하게 될까.

이곳 하늘은 내가 태어나서 처음 경험해 보는 하늘이었다. 낮 하늘은 푸른 잉크를 떨어뜨린 맑은 물 같았고 검은 밤하늘은 도시의 전설처럼 많은 별을 품고 있었다. 어스름

한 저녁의 가로등 불빛을 받은 마을은 낮보다 훨씬 아름다웠다. 아름다운 두 도시, 희생을 숙명으로 받아들인 두 사람의 이야기가 있는 프라하와 체스키크룸로프가 블타바강으로 연결돼 있는 것은 아직 내가 알 수 없는 어떤 이유가 있기 때문이라는 생각이 들었다. 끊임없이 여행을 꿈꾸는 것도 그것을 찾기 위한 게 아닐까. 📷

피렌체행 야간열차

오스트리아와 이탈리아, 그 사이 어디쯤

그날 일기의 첫 줄은 이렇게 시작했다.

'새로운 단어를 배웠다. 세상에서 가장 슬픈 단어를.'

잘츠부르크의 비싼 물가를 경험하고 로마로 가기 전 중간쯤 어딘가에 들러보는 게 좋겠다고 생각했다. 『로미오와 줄리엣』의 배경인 베로나 그리고 베네치아와 피렌체 중 어디가 좋을지 고민했다. 결국 로마에서 조금 더 가까운 피렌체로 결정하고, 야간열차를 이용하기로 했다. 유럽 여행에서 야간열차를 이용하면 잠을 자며 하루치 숙박비를 절약할 수 있다. 이틀 정도 앞서 예약하면 침대칸을 선점할 수 있을 거로 생각한 건 엄청난 착각이었다. 이미 그 구간의 침대칸에는 빈자리가 없었다. 물가 높은

잘츠부르크에 더는 머물고 싶지 않았고, 피렌체에 숙소를 예약해 두었기 때문에 반드시 그 열차를 이용해야 했다. 어렵게 좌석이라도 구한 게 다행이었다. 야간열차는 독일 뮌헨을 출발해 오스트리아 잘츠부르크를 지나 이탈리아 로마까지 가는 긴 노선이었다. 그 노선은 인기가 많아 침대칸을 선점하려면 최소 한 달 전에는 예약해야 한다는 걸 나중에야 알았다. 예약한 2등칸 일반석은 그 열차의 가장 낮은 등급이었다.

여행은 낯섦을 경험하는 일이다. 여행의 낯섦은 설렘과 불안을 함께 가지고 온다. 국경을 넘는 열차에 대한 설렘과 낯선 사람들과 보내야 하는 하룻밤의 불안이 그랬다. 많은 여행자가 야간열차에서 도난을 경험한다는 이야기를 들었던 터라 노트북과 핸드폰을 넣은 가방을 가슴에 꼭 끌어안고 열차에 올랐다. 객차 복도에 들어서자 훅하고 덮쳐 오는 탁한 공기가 달갑지 않았다. 여러 인종에게서 나는 낯선 냄새가 낯선 환경을 더 낯설게 했다.

객차 내부는 우리나라 열차와 달랐다. 한쪽으로 길게 복도가 있고 객실이 칸칸이 있었다. 중간쯤에 있는 우리 객

그곳에 내가 있었네

실을 찾았다. 6인실에는 아이를 포함한 다섯 명, 그리고 우리 부부까지 해서 모두 일곱이었다. 갓 돌이 지난 듯한 검은 피부의 아이가 가장 먼저 눈에 들어왔다. 아이를 안고 있는 검은 피부의 여자가 엄마로 보였다. 창 측 좌석에는 인디오 커플이 마주 보고 앉아있었고, 인디오 남자 옆에는 둥근 얼굴에 배 나온 백인 아저씨가 앉아있었다. 우리 부부의 좌석에는 짐이 한가득 놓여있었다. 객실 바닥은 엎질러진 콜라가 말라있어 신발이 쩍쩍 들러붙었다. 좌석 아래에는 밟혀서 짓이겨진 프렌치프라이가 토사물처럼 쏟아져 있었고, 두 입 정도 베어 먹다 떨어져 콜라에 젖은 채 흐물거리는 햄버거가 있었다. 야간열차 여행의 설렘은 이미 저 깊은 바닥으로 사라져 버렸다.

우리 좌석에 널브러져 있던 짐을 이리저리 옮겨 겨우 좌석을 확보했다. 모두 검은 피부 여자의 짐이었다. 출발하자마자 피곤함이 몰려왔다. 객실에 함께 있는 사람들은 짐을 정리하는 동안 아무런 움직임도 없었다. 더군다나 여자는 아이를 안고 밖으로 나가버렸다. 자기 짐을 정리하는데도 말이다. 겨우 자리에 앉아 아내의 눈치를 살폈다. 짜증과 갑갑함이 섞여있는 아내의 눈동자를 보며 어떻게 위로해야 할지 생각하고 있던 그때, 아이 엄마의 핸드폰이 눈에 들어왔다. 한쪽 귀퉁이가 깨진 핸드폰에는 조악한 빛깔의 스티커가 덕지덕지 붙어있었다. 스티커에 까맣게 엉겨 붙은 먼지가 그녀의 차림새와 비슷했다. 여자는 간혹 핸드폰에서 무언가를 확인했는데 제대로 터치가 되지 않는지 손가락에 짜증을 가득 담아 두드렸다. 제대로 작동되지 않는 그녀의 핸드폰이 내 기분을 대신해 주고 있었다.

말라버린 콜라 때문에 신발이 들러붙는 바닥을 두고 밤새 기차를 타고 있기는 어려웠다. 쪼그리고 앉아 물을 부어가며 말라붙은 콜라의 흔적을 닦아냈다. 제법 많은 화장지와 물을 사용했다. 흔들리는 열차에서 바닥을 닦는 일은 쉽지 않았다. 이런 불편을 견디고 있는 객실의 사람들이 한심했고 작은 불편을 참지 못하는 내가 한심했다. 시커멓게 변한 화장지와 짓이겨 밟힌 프렌치프라이, 버려져 있던 햄버거까지 주워 담아 치웠다. 조금은 깔끔해졌고 비로소 제대로 된 야간열차 여행이 시작됐다. 그제야 객실 사람들은 옆

그곳에 내가 있었네

은 미소를 띠었다. 열차가 출발한 지 30분이나 지난 다음에야 객실 사람들과 인사를 나눌 수 있었다.

"안녕하세요. 한국을 출발해서 여행 중인 부부입니다. 이탈리아 피렌체까지 가요."

"저는 피렌체 사람입니다." 둥근 얼굴의 배 나온 아저씨는 피렌체가 고향이라고 했다. 우리와 목적지가 같았다.

"우리는 멕시코에서 왔어요. 로마까지 갑니다." 창가에 마주 앉아있던 인디오 커플은 뮌헨 여행을 마치고 로마로 향한다고 했다. 멕시코에 대해서 묻고 싶고 듣고 싶었지만 대화는 이어지지 않았다. 여자는 인사가 없었다. 아이가 칭얼댈 때 달래는 말씨가 귀에 익숙지 않았다. 아프리카 어디쯤의 출신으로 짐작되었다. 나와 눈이 마주친 아이는 방긋 웃었고 나 역시 아이에게 미소를 지어주었다. 하지만 여자는 아이의 눈을 가리고 얼굴을 돌려 눈이 마주치지 않게 했다. 사람을 경계하는 듯했다.

내가 치워버린 햄버거와 쏟아진 콜라가 저 여자 거라며 이탈리아 아저씨가 고자질하듯 슬쩍 이야기해 주었다. 여자와 아이의 저녁 식사였을까. 바닥에 떨어져 있었지만 엄연히 주인이 있는 건데 치우기 전에 물어보는 게 옳았을까.
그 음식이 여자가 가진 돈의 전부였던 건 아닐까. 그것 때
문에 나를 경계하는 걸까. 하지만 이내 잊었다. 바닥의 음
식은 이미 치워버린 후였고 나와는 상관없는 일이었으니
까.

　　밤 10시에 출발한 열차 창밖은 아무것도 보이지 않았
다. 몸에 전해지는 흔들림으로 열차가 달리고 있다는 걸 알
수 있을 뿐이었다. 객실에 하나뿐인 커다란 창문은 피곤함
에 절어있는 사람들의 모습을 그대로 반사하고 있었다. 어
디쯤 왔을까 싶어 핸드폰의 지도를 열어보았다. 두 시간을
넘게 달렸지만 아직도 오스트리아를 벗어나지 못하고 있었

다.

　잠깐 잠이 들었던 걸까. 열차의 흔들림이 멈춘 걸 느꼈다. 다른 사람들도 잠이 깬 건지 슬며시 움직였다가 모자를 눌러쓰고 옷깃을 세우며 다시 잠을 청했다. 핸드폰을 꺼내 시간을 보고 지도를 열어 위치를 확인했다. 밤 2시가 조금 지난 시간, 오스트리아와 이탈리아 국경 근처의 필라흐 Villach라는 작은 기차역이었다. 웅크리고 있던 몸을 펴고 싶었지만 객실이 너무 좁았다. 밖으로 나가 신선한 공기를 들이켜고 싶었다.

　그때 객실 바깥에서 규칙적인 발소리가 들렸다. 두어 명의 발소리가 천천히 움직이다 멈추기를 몇 차례, 발소리는 우리 객실 앞에서 멈췄다. 랜턴 불빛이 몇 번 깜박이더니 신경질적으로 문이 열렸다. 차가운 공기를 끌고 들어온 낯선 손이 문 위에 붙어있는 스위치를 찾았다. 갑작스레 밝아진 조명에 눈을 찡그리며 초점을 맞췄다. 경찰이었다. 한 명은 오스트리아 국기가, 다른 한 명은 이탈리아 국기가 어깨에 붙어있었다. 옆구리 권총에 손을 올리고 있었다. 바지 뒤춤엔 차갑게 반짝이는 수갑도 보였다. 이곳이 감방이 아닐까 하는 착각이 들었다. 죄수가 되어버린 느낌이었다.

경찰은 '천천히'를 강조하며 신분증을 꺼내라고 했다. 재차 '천천히'를 강조했다. 천천히 하지 않으면 뒤춤에 매달려 있는 차가운 수갑이 내 손목에 채워질지도 몰랐다. 흔한 영화 장면처럼 경찰을 제압하고 객실을 뛰어나가는 누군가를 상상했지만 그런 일은 일어나지 않았다. 서툴지 않은 행동으로 여권을 내밀었다. 한국인임을 확인하고, 여행 중이라고 답했더니 바로 돌려주었다. 간단했다. 이탈리아 아저씨는 플라스틱 신분증을 내밀었다. 나보다 더 간단했다. 인디오 커플에게는 출발지와 행선지를 물어보고 열차 티켓까지 확인했다. 그들의 얼굴과 여권에 번갈아 랜턴을

비추고 꼼꼼히 살폈다. 별일 없었다. 그다음 아내가 여권을 내밀었지만 나와 부부냐고 묻더니 여권을 펼치지도 않고 돌려주었다. 조금은 긴장이 풀리면서 드러나지 않는 한숨을 내쉬었다. 마지막으로 아이와 여자의 차례였다. 여자는 작은 가방에 손을 얹었다가 내리기를 반복하면서 머뭇거렸다. 경찰은 짜증스럽다는 듯 고압적으로 다시 한번 신분증을 요구했다. 그제야 바닥에 내려놓은 가방에서 무언가를 꺼냈다. 삼등분으로 접혀있는 초록색 작은 종이, 여권이 아니었다. 경찰 어깨너머로 슬쩍 본 종이에는 'permission'이라는 글자가 적혀있었다. 그 종이를 이민국에서 줬다는 말을 서툰 영어단어로 늘어놓았다. 여권이 없다고 했다.

"당신과 아이는 여기서 내려야겠습니다." 경찰은 명령하듯 말했다. 여자는 남편이 로마에 있다고 했고 그곳까지만 가면 된다는 이야기를 전달했지만, 경찰의 가로젓는 손짓 한 번에 더 이상의 대꾸는 없었다.

여자는 아이를 안고 있어 짐을 챙기기 어려웠다. 선반 위에 올려둔 트렁크를 꺼내주었다. 트렁크는 아무것도 들어있지 않은 것처럼 가벼웠다. 다른 짐도 천천히 꺼내주었다. 그 순간 가능한 한 천천히 짐을 챙겨주는 게 내가 해야 할 의무 같았다. 흘낏거리며 아이 엄마의 표정을 살폈지만 두려움은 읽을 수 없었다. 늘 있었던 일이거나 이미 예상했던 일처럼 그 상황을 받아들이고 있었다. 그녀의 눈빛에서 체념이 스쳤다. 결국 여자는 아이를 안고 열차에서 내렸다. 자신과 닮아있는 조악한 스티커가 붙은, 터치가 잘되지 않는 핸드폰을 손에 꼭 쥐고.

플랫폼 조명에 비치는 잎사귀 떨어진 나뭇가지는 작은 바람에도 몹시 흔들렸고, 검은 피부를 가진 그들의 입에서는 하얀 입김이 한없이 뿜어져 나오고 있었다. 경찰이 자기 외투를 벗어 덮어주었다. 창을 넘어 아이와 눈이 마주쳤지만 여자는 다시 아이의 눈을 가리고 고개를 돌렸다. 울컥하며 목구멍에서 무언가가 솟구쳤지만, 마른침을 삼켜 목젖을 눌러 내렸다. 잠시 후 소총을 맨 네 명의 군인이 플랫폼의 그들을 둘러쌌고 곧 시야에서 사라졌다. 그제야 열차는 덜컹하고 움직였다.

"난민일까요?" 이탈리아 아저씨에게 물었다. 아저씨

는 열차에 난민이 타는 경우가 종종 있다면서 대수롭지 않게 이야기하고 다시 잠을 청했다. 객실의 다른 사람들도 처음의 모습으로 돌아갔지만, 나는 생각이 많아지며 약간의 두통이 찾아왔다. 나와 상관없는 일이니 잊어야 할까. 아니면 소위 '정의'라고 '정의'되어 있는 난민 문제를 고민이라도 해야 하는 걸까. 그도 아니면 여행 중에 겪은 작은 에피소드로 기억해야 할까. 정의란 무엇일까. 여자는 어디로 가게 되는 걸까. 남편이 로마에 있기는 한 걸까. 아이는 어떻게 되려나. 가방에는 무엇이 들어있었을까. 지금 이 두통은 생각 때문일까, 여행의 피로감 때문일까.

떠오르는 수많은 생각을 기억하기 위해 핸드폰을 꺼내 메모를 시작했다. 이상한 일이지만 조악한 반짝이 스티커가 붙어있는 그녀의 핸드폰처럼 내 핸드폰도 터치가 잘되지 않았다. 어렵게 일기를 쓰기 시작했다.

'새로운 단어를 배웠다. 세상에서 가장 슬픈 단어 refugee를.'

신은 아름답다

피렌체, 이탈리아

피렌체에 도착한 건 새벽 5시. 숙박비를 아끼려고 야간 열차를 이용했지만 그에 상응하는 피로를 얻었다. 종일 숙소에서 쉬었다가 어스름한 저녁이 된 후에야 숙소를 나서야 했다. 르네상스의 도시 피렌체는 어떤 첫인상을 보여줄지 설렜다. 도시 전체가 관광지인 피렌체는 많은 여행자가 어두운 도시를 밝히고 있었다.

산타시마 안 눈치아타 광장Piazza della Santissima Annunziata에 도착했다. 한가운데 말을 탄 기사 동상과 광장을 둘러싸고 있는 중세 시대 건물을 감상했다. 눈을 돌려 사방으로 뻗어있는 골목길을 둘러볼 때였다. 골목 끝자락에 보이는 엄청난 크기의 지붕, 그리고 그 꼭대기에 초승달. 피렌체 중심 건물, 바로 그 성당이 내 눈앞에 서 있었다. 산타마리아 델 피오레 대성당Cattedrale di Santa Maria del Fiore. 꽃의 성모 마리아 대성당이라는 뜻이다. 두오모Duomo라고 부르기도 하는데, 이는 라틴어 도무스Domus에서 파생된 둥근 지붕을 뜻하는 돔Dome의 어원으로 신의 집이라는 뜻도 가지고 있다.

장엄한 광경이었다. 골목길과 노란 가로등, 새끼손톱

같은 처연한 초승달과 성당, 그 성당의 지붕. 신이 나를 위해 만들어 둔 것 같았다. 감동이었다. 온전한 내 힘으로 이곳에 찾아왔고, 건강한 두 다리로 서 있는 것 또한 감격스러웠다.

성당은 커다란 돔이 있는 건물과 세례당과 종탑, 세 개의 건물로 구성돼 있다. 각각 건축가 이름을 따서 산 조반니 세례당Battistero di San Giovanni과 조토의 종탑Campanile di Giotto이라 부른다. 세례당 내부는 종탑을 설계한 조토 디 본도네Giotto di Bondone가 그림으로 장식했다. 그 시절에는 직업 구분이 없었던가 보다. 재능과 기술만 있으면 그림을 그리다가 건축도 할 수 있었던 모양이다. 세례당은 건물보다 '천국의 문'이라는 별칭이 붙은 출입문으로 더 유명하다. 세례당 문 앞을 지나던 미켈란젤로가 하늘나라에 문이 있다면 이런 모습일 거라고 말한 후에 더 유명해졌다. 황동으로 만들어진 문은 메디치 가문의 후원을 받은 로렌초 기베르티Lorenzo Ghiberti가 만들었다.

낡은 세례당 문을 교체하기 위해 조각가를 모집한다

는 공고가 붙었다. 출입문 제작자로 선정되면 제작 기간 동안 월급과 재료비를 지원받는 안정된 직장이 생기는 셈이었다. 수많은 예술가가 도전했다. 결선에는 무명 조각가 기베르티와 이미 조각가로 이름을 떨치던 필리포 브루넬레스키Filippo Brunelleschi가 오르고, 최종심에서 기베르티가 선정된다. 인지도가 낮은 기베르티에게 패한 탓일까, 패한 것이 부끄러웠던 걸까. 브루넬레스키는 피렌체를 떠나 로마로 향한다. 역사의 아이러니는 이런 것일까. 브루넬레스키는 후에 피렌체로 돌아와 대성당의 돔을 완성한다.

로마로 떠난 브루넬레스키는 당시 최고의 건축물인 로마 판테온을 보며 건축을 공부한다. 피렌체 성당에 지붕을 만든다는 소문을 들은 브루넬레스키. 자신이 성당의 돔을 만들 수 있다며 도전한다. 그때까지 기둥이나 다른 구조물 없이 온전한 돔을 만들겠다고 나선 사람은 없었다. 팔각형으로 된 성당 중심부에 둥근 돔을 올리는 일이 쉽지 않았던 탓이다. 하지만 브루넬레스키는 자신이 고안한 방법으로 세계에서 가장 큰 돔을 설계하고 만들게 된다. 지금까지도 벽돌을 쌓아서 만든 돔으로는 세계에서 가장 크다고 한다.

세례당 문을 만드는 경합에 탈락한 브루넬레스키. 하지만 그는 지상 최고의 건축물을 만들어 낸다. 세상은 기베르티와 브루넬레스키처럼 우연이 계속되고 있는 것은 아닐까. 나는 우연과 또 다른 우연의 반복 속에서 살고 있는지도 모른다. 지금 경험하고 있는 우연의 연속인 여행처럼 말이다. 그 속에서 내 삶은 필연이라 착각하며 살고 있는 것일지도 모른다. 돔을 설계한 브루넬레스키는 자신의 삶을 필연이라 생각하고 있었을까. 거대한 돔이 있는 성당 지하에는 브루넬레스키가 잠들어 있다. 브루넬레스키는 거대한 돔을 만들면서 자신의 무덤 봉분을 만들고 있었던 것이다.

다른 건물인 종탑은 새벽을 지키는 파수꾼처럼 대성당 옆에 서 있다. 14세기, 성당을 설계한 아르놀포 디 캄비오 Arnolfo di Cambio가 갑작스레 사망하고 공사를 이어받은 조토가 완성했다. 성당 돔보다 제작 연대가 앞서니 당시에는 피렌체에서 가장 높은 건물이었다. 종탑 꼭대기에는 커다란 종이 전시되어 있다. 지금도 성탄절 같은 특별한 날에는 종을 울린다고 한다. 좁은 계단을 거쳐 종탑 꼭대기에 오르니 돔을 가장 가까이에서 볼 수 있는 전망과 함께 중세 시

그곳에 내가 있었네

대 피렌체 도심이 눈앞에 펼쳐졌다. 빈틈없이 들어찬 붉은 지붕, 흐린 하늘 틈으로 내려오는 차가운 빛. 그 위에 떠있는 우연히 만난 무지개는 홍수로 세상을 쓸어버린 신이 인간과 화해하기 위해 보내는 장엄한 인사말이었다.

피렌체는 꼭 다시 가보고 싶은 곳이다. '그녀'가 가지고 있는 속살은 무척 아름다웠다. 그리고 천천히 보여주는 모든 곳에 메디치 가문의 후광이 있다는 걸 그제야 알았다. 피렌체를 다시 가야 하는 충분한 이유가 된다. 급변하던 르네상스를 직접 경험하지 못한 아쉬움일지도 모른다. 그 의도가 어찌 되었든 메디치 가문이 미켈란젤로와 다빈치를

비롯한 수많은 예술가를 후원하고 르네상스를 꽃피게 했다는 사실만으로도 피렌체는 다시 방문할 충분한 가치가 있다. 두 번째 피렌체 여행이 언제가 될지 알 수 없지만, 다시 찾게 된다면 그들을 더 깊이 있게 공부하는 여행이 되길 기대한다. 🎴

그곳에 내가 있었네

오드리와 데이트

로마, 이탈리아

여행하기 전에 서점에 들러 가이드북 한 권을 사던 때가 있었다. 가이드북에는 대체로 여행 국가의 간단한 인사말을 시작으로 현지의 먹거리와 즐길 거리에 대한 정보가 실려있곤 했다. 호텔은 물론이고 여행자가 자주 찾는 골목길과 쇼핑에 대한 정보도 얻을 수 있었다. 십여 년 전에는 나도 가이드북을 들고 여행을 다녔다. 지금도 나이 지긋한 여행자는 가이드북이나 지도책을 들고 다니지만 그 모습은 점점 찾아보기가 어려워진다. 지금은 핸드폰이 모든 걸해결해 준다. 두꺼운 가이드북을 짊어지고 다닐 필요가 없어졌다. 핸드폰에는 최신 정보가 담겨있다. 인기 있는 식당은 실시간으로 좌석 현황까지 확인할 수 있을 정도다. 핸드폰이 여행의 필수품이 되면서 여행자는 길을 잃을 수 있는 권리를 빼앗겼다. 낯선 곳에서 헤매다가 우연히 들른 식당에서 특색 있는 그 지역의 음식을 맛볼 수 있는 권리도 함께 사라져 버렸다. 나 역시 여행할 땐 한 손에 핸드폰을 꼭쥐고 다닌다. 길을 찾기가 쉽고 목적지까지 가는 가장 빠른길도 알려준다. 또 내가 있는 위치를 잃을까 염려할 필요도 없다.

로마에서도 핸드폰에 유명 관광지를 표시해 두었다. 그리고 그 표시를 하나의 폴더에 저장하고 폴더 이름을 이렇게 적었다.

'오드리 헵번과 로마를'

헵번을 세계적인 스타로 만들어 준 영화「로마의 휴일」은 여행 전에 다시 한번 집중해서 감상했다. 집중 포인트는 영화의 배경이었다. 로마 여행은 헵번이 머물렀던 장소를 하나씩 탐색해 보기로 했다.

오래된 도로에서는 자동차 엔진 소리보다 바퀴와 노면의 마찰 소리가 더 크게 들렸다. 더군다나 인도와 차도의 경계가 없이 흰색 페인트로 길게 그려놓은 통행로의 구분은 낯설었다. 거짓을 말한 사람의 손목을 잘라버린다는 '진실의 입'이 그곳에 있었다. 순서를 지키며 진실의 입을 보기 위해 줄을 서 있는데 한쪽 벽에 낙서가 보였다. 이곳을 여행한 누군가가 자신의 이름을 뾰족한 무언가로 멋지게 적어놓았다. 누가 봐도 한글이었고 대부분의 외국인이 이제는 글자 모양만 봐도 한글이라는 걸 알 수 있기에 몹시 부끄러웠다. 타국의 여행자가 낙서를 가리키며 수군거렸다.

얼굴이 화끈거려 그곳에서는 한국 사람이 아닌 척할 수밖에 없었다.

지름이 1.5미터, 무게가 1,300킬로그램이나 되는 커다란 돌덩어리가 어떤 용도였고 누가 만들었는지는 정확히 알 수 없다. 헤라클레스 신전의 맨홀 뚜껑으로 사용했다거나 제물을 바치려고 잡은 동물의 피를 바닥으로 흘려보내기 위해 만들었다는 이야기가 함께 전해온다. 13세기쯤 어딘가에서 뜯겨 옮겨지고 17세기에 지금 위치로 옮겨졌다. 거짓을 말한 후에 손을 넣으면 잘린다는 이야기가 있는데, 실제로 그 뒤에 도끼를 들고 손목을 자르는 사람이 있었다고도 하지만 무엇이 사실인지는 알 수 없다. 영화 속에서 그레고리 펙이 손목이 잘린 흉내를 냈을 때 헵번의 그 귀여운 표정이 생생하다. 나 역시 남자 주인공 그레고리 펙과 비슷한 포즈를 취했다. 나의 헵번인 아내는 사진을 찍어주었다.

진실의 입은 산타마리아 인 코스메딘Saint Maria in Cosmedin성당 외벽 한쪽에 놓여있다. 성당 이름은 우리말로 '순결한 성모 마리아 성당' 정도로 바꿀 수 있겠다. 진실의 입을 감상한 후 반강제적으로 성당에 입장할 수밖에 없게 동선이 짜여져 있다. 성당은 많이 낡아있었다. 로마의 다른 성당보다 훨씬 더 작은 성당에는 성 발렌티노St.Valentino의 해골 유해가 있다. 발렌티노는 초콜릿을 주고받으며 사랑을 나누는 밸런타인  데이의 유래가 된 가톨릭 성인이다.

발렌티노는 로마의 평범한 신부였다. 군인 출신의 로마 황제 클라우디우스 2세Claudius II는 치세 기간이 2년 정도로 짧았다. 하지만 나이수스 전투에서 5만 명의 게르만족을 물리치고 그들의 침략으로부터 로마를 구했는데, 더 큰 전쟁을 위해 젊은 남자들을 강제로 전장에 내보내려고 칙령을 반포했다.

그곳에 내가 있었네

"혼인한 남자는 전쟁에서 전력을 다하지 않을 것이다. 앞으로 결혼하려는 남자는 나의 허락을 받아야 한다."

이런 현실을 안타깝게 생각한 발렌티노 사제는 황제의 허락 없이 젊은 남녀를 혼인시켰고, 발각되어 처형된다. 매년 2월 14일, 밸런타인데이는 발렌티노 사제가 순교한 날이고 그의 축일이 되었다. 그날에 초콜릿을 선물하는 의미를 알고 서로 나눴으면 좋겠다.

진실의 입을 출발해 베네치아 광장을 지나 트레비 분수까지 걸었다. 서울보다 복잡한 로마에서는 30분 이내로 이동이 가능한 곳이면 도보가 편했다. 트레비 분수 앞에 도착하니 물 구경인지 사람 구경인지 알 수 없을 정도였다. 사람이 많은 곳에서는 항상 소매치기를 조심해야 한다. 핸드폰과 소지품을 꼼꼼히 챙겼다. 작은 가방은 앞으로 고쳐 메고 핸드폰은 주머니에 넣고 지퍼를 잠갔다. 인파 속을 헤집으며 돌아다니는 경찰은 가방을 뒤로 메고 있는 여행자에게 조심하라는 주의를 주었고, 분수에 걸터앉은 사람에게는 위험하다며 일어나라는 이야기도 했다. 분수대 뒤편에는 장갑차와 함께 무장한 군인도 있었다. 관광지에서 종종 일어나는 테러 때문인지 유럽의 주요 도시와 사람이 많이 모이는 곳에서는 경찰과 무장한 군인을 심심치 않게 볼 수 있었다. 피렌체에서 그랬고 프라하에서도 소총을 들고 있는 군인을 보았다.

트레비 분수는 삼거리에 있는 분수라는 뜻이다. 말 그대로 분수대는 삼거리에 있다. 트레비라는 탄산수 메이커도 있으니 이미 고유명사가 돼버린 지 오래다. 영화에서 헵번이 머리를 짧게 자르는 장면이 나오는데 촬영 장소였던 미용실이 이 분수대 바로 옆에 있다. 영화 촬영 당시엔 실제로 미용실이 있었다.

1732년에 착공해서 한창 분수를 만들 때의 일이다. 공사 소음에 불만을 품은 상점 주인이 공사 중단을 요구하며

그곳에 내가 있었네

소송을 걸었고 그로 인해 공사가 지연됐다. 공사를 맡고 있던 피에트로 브라치Pietro Bracci는 상점 주인에게 이렇게 말했다.

"당신은 이 아름다운 분수를 영원히 볼 수 없는 저주를 받을 것이오!"

피에트로 브라치는 공사의 마무리 단계에서 대리석으로 커다란 항아리 조각을 만들어 분수를 가려버렸다. 실제로 이 상점에서는 트레비 분수가 항아리 조각상에 가려 보이지 않는다. 그 대신 시끄러운 물소리만 들을 수 있다. 지금 이 상점은 가방을 팔고 있다.

트레비 분수에서 북쪽으로 10여 분 걸어가면 스페인 계단에 도착한다. 영화의 한 장면을 떠올리기 어려울 정도

로 많은 사람이 모여있는 평범한 대리석 계단이다. 계단의 실제 이름은 트리니타 데이 몬티 계단Scalinata di Trinità dei Monti이다. 이 계단은 같은 이름의 성당과 계단 아래에 있는 스페인 광장을 연결하고 있다. 영화에서는 계단 아래에 있는 꽃장수가 헵번에게 카네이션 한 송이를 선물하는 장면이 나온다. 꽃을 든 헵번은 이내 계단 중간 참에 걸터앉아 젤라토를 먹는다. 젤라토를 거의 먹어갈 즈음 우연을 가장하여 나타난 그레고리 펙을 만나 자리를 뜬다. 이때 헵번은 아무렇지도 않게 아이스크림을 뒤로 던져버린다. 그 장면을 따라 하는 사람들 때문에 계단은 끈적거리고 지저분해졌다. 이탈리아에 본점을 둔 보석 업체 불가리Bvlgari에서 2015년에 큰돈을 들여 계단을 청소·보수했고 그 후로는 계단에서 음식을 먹는 게 허용되지 않는다. 기대거나 앉아있기만 해도 벌금을 내야 한다. 계단 곳곳에 형광색 조끼를 입은 공무원이 통제하고 있었다.

계단을 내려오는 길에 비를 흠뻑 맞고 떨어져 있는 분홍색 장미를 발견했다. 이제 곧 시들어 버릴 것 같은 장미

한 송이. 헵번이 나에게 남기고 간 선물은 아니었을까.

그곳에 내가 있었네

정육점 아저씨
로마, 이탈리아

집을 떠나온 지 두 달이 넘어가고 있었다. 장기 여행에서 무엇보다 경비를 아껴야 한다는 생각에 먹거리에 대해 소홀하다 보니 체력이 많이 떨어지고 있었다. 저녁 식사는 아내와 소고기 파티를 하기로 했다. 동네에 작은 정육점이 있었다. 번역기를 켜고 정육점에 들어섰다. 칠면조 고기와 양고기, 닭고기도 보였고 부위별로 손질해 둔 돼지고기와 소고기도 보였다.

"소고기 안심 있어요?"

구레나룻이 텁수룩한 아저씨는 대답이 없었다.

정육점은 넓지 않았다. 한눈에 고기를 진열해 놓은 냉장고를 모두 볼 수 있는 규모였다. 정육점에는 아저씨를 포함해서 세 명이 있었다. 출입문 바로 앞 계산대에 아주머니가 앉아있었고 그 뒤편의 작은 의자에는 딸로 보이는 젊은 여자,

그리고 고기 진열대 안쪽에는 흰색 유니폼을 갖춰 입은 아저씨가 있었다. 이탈리아에는 가족이 함께 운영하는 상점들이 많다던데 이곳도 그런 것 같았다. 계산대에 앉아있는 아주머니에게 소고기 안심을 달라고 했더니 아주머니는 아저씨에게 전달했고 아저씨는 대답도 없고 무뚝뚝한 표정을 지어 보였다.

"안심은 없다네요. 혹시 등심은 어떠세요?" 번역기를 중간에 두고 이야기를 주고받았다. 안심을 먹고 싶었지만 어쩔 수 없었다. 등심을 달라고 했다. 그제야 아저씨는 최고급 등심이 있다며 환하게 웃었다. 스테이크는 두툼한 게 좋다며 세 덩어리를 썰어주었다.

동네에 있는 가족이 운영하는 작은 정육점이었지만 완벽한 분업 시스템을 갖춘 곳이었다. 아저씨가 고기 무게를 달아서 나온 계량표를 주면, 문

그곳에 내가 있었네

앞에 있는 카운터에서 내밀고 계산을 한다. 다시 계산을 완료한 영수증을 아저씨에게 내밀면 아저씨는 그제야 포장한 고기를 건네주었다. 조그마한 정육점에서 두세 번을 움직여야 하는 일이 불편했다. 하지만 고기를 자르고 포장하고 다시 그 손으로 신용카드나 현금을 건네받는 것보다는 훨씬 위생적이었다.

숙소에 돌아와 숙소 주인아저씨가 새로 준비해 준 프라이팬에 고기를 굽고 호박과 버섯을 곁들여 만찬을 즐겼다. 물론 이탈리아 와인도 곁들였다. 로마 시내에 있는 한인 마트에서 비싸게 산 소고기보다 비싼 김치도 함께. 훌륭한 파티였다.

로마의 소고기 가격이 저렴하다는 걸 알고 나서 며칠 후 고기를 사기 위해 정육점을 찾았을 땐 문이 닫혀있었다. 출

입문 바로 옆에 영업시간을 알려주는 작은 표시가 붙어있었지만 지켜지지는 않았다. 소고기는 다음에 먹기로 하고 마트에서 닭 다리를 사서 백숙을 만들어 먹기로 했다. 인삼과 찹쌀은 없었지만 아내가 한국에서부터 챙겨 온 한방 삼계탕 재료를 넣어 훌륭한 닭백숙을 먹을 수 있었다. 하지만 세상에 소고기만 한 게 또 있겠는가. 여러 번 시도한 끝에 문을 열어놓은 시간에 잘 맞출 수 있었고 다시 한번 소고기를 사 먹었다. 이번에는 500그램만 달라고 했고 아저씨는 조금 더 얹어서 600그램을 주었지만 500그램 가격밖에 받지 않았다.

로마를 떠나기 전에 인심이 넉넉한 정육점 아저씨에게 꼭 인사를 하고 싶었다. 수염이 덥수룩한 아저씨를 꼭 한번 다시 만나고 싶었다. 핸드폰 번역기에 인사말을 적어 준비했다.

'*Grazie a te ho mangiato deliziosamente la carne, Sii felice.* 아저씨 덕분에 고기를 맛있게 잘 먹었습니다. 행복하세요.'

문을 열지 않은 정육점 앞에서 잠시 서성였다. 조금 더 기다려 볼까, 종이에 적어두고 갈까를 망설였다. 5분쯤 지났을까. 덩치 큰 아저씨가 뒤뚱거리며 어두운 골목길에 나타났다. 무뚝뚝한 표정의 아저씨에게 번역된 핸드폰 화면을 보여주었다. 아저씨는 환한 표정으로 악수를 청했고 이탈리아어로 인사를 했다. 알아들을 수는 없었지만 고맙다는 인사였을 테고 신의 축복을 빌어주었을 거라고 생각한다. 나도 그렇게 인사했다.

로마를 출발해서 다음 여행지인 시칠리아 팔레르모 Palermo, Sicilia로 향했다.

마지막으로 사용할 수 있는 유레일패스로 야간열차 침

대칸을 예약해 두었다. 밤 9시 5분에 출발해서 팔레르모에
도착하면 아침 10시 7분으로 예정된, 11시간의 야간열차
여행이 기다리고 있었다. 🔳

그곳에 내가 있었네

시네마 천국

시칠리아, 이탈리아

종일토록 잠을 잤고 잔 만큼 식은땀을 흘렸다.

'여행에서 아프다니. 그것도 시칠리아에서⋯⋯ 꼼짝도 못 할 만큼⋯⋯.'

컨디션 조절을 제대로 하지 못한 나를 책망했다. 영화 「시네마 천국」의 촬영지 팔라조 아드리아노Palazzo Adriano도 가야 하고 주인공 토토와 연인 엘레나가 키스를 나눈 체팔루Cefalù도 가야 하는데, 꼼짝없이 침대에 누워있어야 했다. 다행스럽게도 숙소 주인아주머니 산드라Sandra가 그리 멀지 않은 곳에도 촬영지가 있다며 알려주었다. 그곳이라도 다녀와야겠다고 생각했고 전날보다는 컨디션이 나아진 것을 위안 삼았다.

산드라가 사진을 보여주면서 알려준 곳은 영화 속 청년 토토와 알프레도가 산책하다 앉아서 이야기를 나누던 바닷가였다. 군대를 다녀온 토토는 엘레나와 연락이 닿지 않았다. 사랑의 열병 후에 크게 낙심하고 있던 토토에게 알프레도가 이런 시골에서는 미래가 없다며 도시로 떠나라고 조언을 해주는 장면이 있다. 바로 그곳이었다. 팔레르모역에서 출발하는 기차를 타고 20분, 다시 걸어서 20분 정도 가야 했지만 그 정도는 다녀올 수 있는 컨디션으로 회복된 것이 고무적이었다.

아내와 길을 나섰다. 따뜻하게 갖춰 입고 여행 전에 준비해 갔던 마스크도 챙겼다. 혹시나 모를 찬 바람이나 갑작스레 바뀔지 모르는 지중해 날씨에 대비해서 우산과 판초도 챙겼다. 길을 걷는 내내 영화를 생각했다. 여전히 아쉬움이 남았고 컨디션 조절을 제대로 하지 못한 나를 탓했다. 하지만 내 마음속의 작은 파랑새는 엔니오 모리코네Ennio Morricone가 작곡한 영화의 주제곡 「Cinema Paradiso」를 쉬지 않고 노래하고 있었다.

산타 플라비아Santa Flavia역에 내려 지도를 따라 걷기 시작했다. 드물게 지나가는 자동차와 자전거 하이킹을 하는 사람들 외에는 사람이 사는 곳이라는 생각이 들지 않을 만큼 삭막했다. 빛바랜 식당의 낡은 간판은 더 이상 영업을 하지 않는다고 알려주고 있었다. 페인트가 모두 벗겨져 원래의 색을 알아볼 수 없는 건물이 대부분이었다. 테라스에 발라놓은 시멘트는 들떠있었고 사람의 손길이 닿지 않는

지 구석마다 작은 잡초와 이끼가 돋아있었다.

　산드라가 알려준 곳에 도착했다. 하지만 높은 벽으로 길이 막혀있었다. 지도를 살펴보며 뒤돌아 나왔다가 다시 들어서기를 두어 차례, 마침 안쪽에서 나오는 차를 발견하고 손을 흔들어 세웠다. 운전기사에게 산드라가 보내준 사진을 보여주며 물었다. 시큰둥한 표정으로 자신이 나온 방향을 가리키며 안쪽으로 들어가 보라고 했다. 골목을 따라 조금 내려갔더니 영화를 보면서 눈에 익혔던 곳이 보였다. 조금만 더 가까이 가면 토토와 알프레도가 여전히 그곳에 앉아있을 것 같았다. 아니 알프레도가 나에게도 따뜻한 조언을 해줄 것 같았다.

　영화가 유명해진 후 이곳을 찾는 사람들이 많았던 걸까. 사유지라는 경고문구가 더 이상 가까이 가지 못하게 내 발을 묶어두었다. 먼 곳에서 청년 토토와 알프레도 아저씨의 흔적을 찾아본 것으로 만족해야 했다. 충분히 행복했다. 이렇게 토토와 알프레도의 흔적을 발견한 것만으로도 좋았다. 더군다나 걸었더니 컨디션도 조금 나아지는 것 같

그곳에 내가 있었네

있다.

숙소로 돌아가는 길에는 열차 시간이 조금 남아서 기차역 앞쪽으로 가보았다. 행인도 없고 사람이 살지 않는 것 같은 휑한 작은 역 앞, 한 번에 읽을 수 있는 익숙한 글자가 보였다.

TAEKWONDO LEE

반신반의하며 간판 아래 열려있는 문 안을 들여다보려는데 흰색 도복을 갖춰 입은 노년의 아저씨가 나와 말을 걸었다.

"꼬레아노?"

"네, 한국에서 왔어요. 태권도?"

"네, 태권도! 내가 태권도장의 '사범'입니다."

도복을 입은 아저씨는 '사범'이라는 두 글자에 힘을 주어 말했다. 이탈리아 억양이 섞여있지만 '사범'이라는 단어는 분명 우리말이었다. 아저씨는 들어와서 구경하라며 소매를 끌었다. 서로가 서툰 영어였지만 생각을 전달하기에는 충분했다. 조금 작지만 우리나라에서 볼 수 있는 태권도

장이 있었다. 바닥에는 쿠션이 깔려있고 한쪽 벽은 트로피로 장식이 되어있었다. 자신에게 태권도를 가르쳐 준 선생님이라며 오래된 사진도 보여주었고, 국기원에 방문한 적이 있다며 그곳에서 승단 심사를 받았다고 했다. 많이 낡은 트로피를 가리키며 이곳에서 가장 오래된 트로피라고 자랑도 했다. 아저씨는 아니, 사범님은 이곳에 머무는 동안 어려움이 있거나 필요한 게 있으면 언제든지 찾아오라며 악수를 청했다. 시간이 허락하거든 식사도 함께 하자고 했지만 컨디션이 허락하지 않아 아쉽게 헤어져야 했다.

시칠리아를 떠나야 하는 날이 되었다. 몸살감기가 완전히는 아니지만 처음보다는 많이 나았다. 견딜 만했다. 다행이었다. 아침 일찍 눈이 떠졌고 그간 마시지 못했던 커피도

그곳에 내가 있었네

한 잔 만들어 작은 테라스에 앉아 골목길을 구경하며 아침 공기를 마셨다. 상쾌했다. 이렇게 예쁜 골목길을 이제야 느낄 수 있다는 게 너무나 아쉬웠다. 많은 사람을 만나고, 더 예쁜 것들을 보고, 더 많은 토토와 알프레도의 흔적을 찾았어야 했다. 무엇보다 이 아름답고 좋은 곳에서 더 많은 경험을 하지 못한 아내에게 미안했다. 다음은 이탈리아를 벗어나 프랑스를 향하는 일정이었다.

사모트라케의 니케

파리, 프랑스

그녀의 옷자락은 분명 바람에 펄럭이고 있었다. 어디서 바람이 부는 걸까. 주위를 둘러봤지만, 대리석으로 만들어진 석상의 옷자락이 바람에 날릴 리가 없었다. 하지만 분명 그녀는 바람을 마주하고 있었다. 뱃고물에 서서 한 발을 살짝 내밀고 있는 모습에 압도되었다. 그녀는 승리를 알리고 있었다. 첫눈에 반한다는 게 이런 걸까. 나는 그녀를 처음 본 순간 정신을 빼앗겼다. 시간이 느리게 흐르는 때가 있다던데 그때가 지금이었다. 거대한 석상의 여신은 나에게 천천히 다가와 말을 걸었다.

지중해 건너 어느 곳에서 벌어진 전쟁. 그 전쟁에서 승리하고 돌아오는 배. 제일 앞에서 승리를 외치고 있는 여신. 어깨 뒤에 붙어있는 여신의 날개는 더 빠르게 승전보를 알리기 위한 몸짓이었다. 거친 파도는 잘게 부서져 튀어올라 여신의 옷자락을 적셨다. 물에 젖어 도드라진 실루엣. 드러난 여신의 몸매는 황홀했다. 나는 물에 젖은 그녀의 실루엣에 흠뻑 빠져들었다. 사라진 두 팔은 승리한 장수에게 씌워줄 월계관을 들고 있었을까. 아니 적장의 목을 들고 있

었던 것은 아니었을까. 그녀는 승리를 위해, 승리를 향해, 승리하기 위해 그곳에 서 있었다. 그녀를 올려보며 나의 승리는 바로 지금이라는 생각이 들었다. 루브르 박물관에 있다는 것이 승리였고, 여신 앞에 건강한 두 다리로 서 있는 것이 승리였다.

밀로 섬에서 발견되어 '밀로의 비너스'라는 이름이 붙은 것처럼 '사모트라케의 니케' 역시 사모트라케 섬에서 발견되어 그런 이름이 붙었다. 회색빛 대리석으로 만든 뱃머리 위에서 승전보를 전하며 당당한 모습으로 서 있다. 수백 개로 조각난 채로 발견되었는데  거듭되는 복원을 거쳐 지금의 모습을 가지게 되었고, 날개 중 하나는 반대편의 모습과 똑같이 복제한 것이라는 설명이 있었다. 팔과 머리는 없었다. 애초에 팔과 머리가 없었을지도 모른다. 완전한 모습이 아니었지만 나에게는 지금 이대로의 모습이 더 완벽했다. 양쪽 날개가 여신의 팔이고 손이었다. 여신은 완전한 여인이었다. 완전을 넘어 완벽한 아름다움이었다. 부족함이 없었고 과하지도 않았다. 여신은 그렇게 내 안에 살아있었다. 여신을 처음 본 사람들은 어땠을까. 하늘에서 내려온 여신은 뱃머리에 내려앉아 무사 귀환을 환영하는 사람들에게 이렇게 외쳤을 것이다.

"승리한 자여! 축배를 들어라! 우리가 돌아왔다!"

많은 상상을 했다. 상상이 아니라 여신이 내 생각을 지배하고 있었다는 것이 더 적절한 표현이다. 여신의 미소를 상상했다. 여신의 목소리와 눈빛을 상상했다. 신이라는 존재는 늘 우리와 함께하고 있다고 한다. 신이지만 인간과 같은 모습이라는 게 더 아름다웠다. 오늘 내가 만난 사람 모두가 신이었을지도 모른다. 신은 내 주변에 존재하는 모든 것일지도 모른다는 생각이 들었다. 신은 모든 곳에 있을 수 없어 어머니를 만들었다는 이야기가 생각났다. 승리의 여신에게서 세상에 없는 내 어머니를 보았던 것 같다. 물에 젖어 드러난 도톰한 아랫배가 그랬고 봉긋 솟은 가슴이 그

그곳에 내가 있었네

랬다. 세상 모든 아들의 첫사랑은 어머니라는 이야기도 있지 않은가.

나는 승리의 여신을 사랑하게 되었다. 사랑은 소유하지 않는 것이라 했다. 그래서였을까. 파리 시내 어디를 둘러봐도 승리의 여신의 조각품을 파는 상점을 찾을 수 없었다. 신은 당신을 소유할 수 없다고 했다. 어머니는 나의 여신이었다.

파리의 집시

파리, 프랑스

"괜찮아요? 없어진 건 없어요? 다친 곳은요?"

파리에서 소매치기를 만났다. 유럽의 유명 관광지에서 소매치기나 날치기를 조심해야 한다는 경고는 익히 들어 알고 있었지만 정신을 차리고 있다고 마주치지 않는 건 아니었나 보다.

노트르담의 꼽추로 유명한 빅토르 위고의 소설 『파리의 노트르담』의 배경이자 2019년 보수공사 중 불의의 화재로 첨탑이 사라진 노트르담 대성당. 그 성당을 보려고 버스에서 내렸다. 우리나라 숭례문 화재와 오버랩되며 감상에 젖으려던 순간, 키 작은 아이 세 명이 우리 부부에게 다가왔다. 기다리고 있었던 것처럼 에워싸고 알아들을 수 없는 말로 떠들면서 지저분한 낙서가 돼 있는 서류 판을 들이밀었다.

'아! 서명받는 시늉을 하며 주머니를 털어 가는 녀석들이구나.'

주머니에 넣어둔 핸드폰을 손으로 꼭 틀어쥐고 남자아이를 어깨로 슬쩍 밀쳤다. 그리고 아내를 찾았다. 내 옆에 있어야 할 아내와 대여섯 걸음 떨어져 있었다. 나는 다리

초입에, 아내는 버스정류장에 멈춰있었다. 나에게는 남자아이 한 명, 아내에게는 여자아이 두 명이 들러붙어 있었다.

"노우! 돈 터치!" 서명도 기부도, 아니 아무것도 하지 않겠다는 확실한 거부 의사를 전했다고 생각했다. 그쯤 하면 떨어지겠지 했다. 하지만 아이는 점점 더 들러붙어 나와 아내를 더 떨어뜨려 놓았다. 나는 다리의 중간, 아내는 다리 초입. 아이들의 표정은 공포영화 속 악마 같았다. 소름이 끼쳤다. 아내에게 다가가려 했지만 남자아이는 계속해서 내 앞을 가로막았다. 아내에게 다가가려 할수록 점점 더 멀어지고 있었다. 물장구를 칠수록 해변에서 멀어지는 이안류를 만난 것 같았다. 좀처럼 앞으로 나갈 수 없었다. 더 크게 소리를 쳤지만 아이들은 여전히 들러붙어 꼼짝할 수 없게 하고 있었다. 주먹을 들어 한 대 치고 싶은 생각까지 들었다. 인내심의 한계를 불러오고 있었다. 그때 다리 반대편에서 걸어오던 남자 두 명이 아이들에게 손가락질을 하며 소리쳤다. 아이들이 순식간에 사라졌다. 사람이 사라지는 마술 같았다. 혼이 쏙 빠졌다는 표현이 딱 들어맞는 상황이었다. 정신을 차리고 아내를 살폈다. 아내가 앞으로 메

그곳에 내가 있었네

고 있는 작은 가방도 무사했고 내 주머니의 핸드폰도 무사했다. 달라진 게 없어 다행이었다. 아이들을 향해 소리쳤던 남자들도 가던 길을 갔다.

　왼쪽 주머니에 들어있는 핸드폰을 꼭 쥐고 오른손으로는 아내를 챙겼다. 조심하면서 다시 몇 걸음을 뗐다. 그때였다. 다시 아이들이 나타났다. 조금 전 처럼 나와 아내를 떨어뜨렸다. 아이들이 더 거칠어졌다. 알아들을 수 없는 말을 내뱉었고 끊임없이 서류 판으로 가슴팍을 밀쳤다. 소름 끼치는 표정은 사악한 표정으로 바뀌었다. 목소리에 힘을 주고 더 크게 소리쳤다.

　"노! 돈 터치! 고! 건들지 마! 가! 가라고!" 큰 목소리를 냈지만 남자아이는 놀라기는커녕 계속 생글거렸다. 아이들에게 소리쳤던 남자 두 명이 어디서 나타났는지 다시 우리를 찾았다. 그들이 나타나자 아이들이 다시 사라졌다. 완전히 넋이 나갔다. 정신을 차릴 수 없었다. 우리에게 다가온 남자 중 한 명은 감시탑처럼 주변을 살폈고 다른 한 명은 우리에게 다친 곳이 없는지 확인해 주었다. 그들도 믿을 수 없었다. 같은 패거리일지도 몰랐다. 아무도 믿을 수 없었다.

남자 둘은 우리를 보호하는 듯한 포즈로 옆에 다가와 주었고 다친 데는 없는지, 물건은 사라지지 않았는지 확인해 보라는 말을 했다. 그때 나와 아내 사이로 손이 하나 쑥 들어왔다. 그리고 내 손에 무언가를 쥐어 주고 사라졌다. 나에게 붙어있던 아이였다. 내 손에 들려있는 것은 아내가 메고 있는 가방에 있어야 할 것들이었다. 관광을 위한 패스와 어디서든 메모를 할 수 있게 준비한 메모지였다. 그제야 알아챘다. 아내가 메고 있던 가방이 열려있었다. 두 남자에게 고맙다는 인사를 하는 둥 마는 둥 서둘러 그 자리를 떴다.

매사에 조심스럽고 걱정이 많은 아내는 숙소를 나설때 주머니가 있는 작은 복대를 챙겼다. 그날도 약간의 현금과 체크카드, 여권을 복사한 종이는 복대에 넣어 몸에 붙여 두었다. 중요한 것들은 복대에, 잃어버려도 문제 되지 않는 것들은 작은 가방에 넣었다. 핸드폰은 될 수 있는 한 내 것만 사용하기로 했고 아내의 것은 외투 안으로 끈을 묶어 몸에 밀착시켜 두고 있었다.

없어진 것은 없었다. 소매치기를 만났지만 소매치기를

당하지는 않았다고 생각했다. 아이들은 가방을 열어 손에 잡히는 것을 가져갔다가 필요 없는 것들이라 다시 돌려준 것이다. 하지만 돌려준 것이 더 기분 나빴다. 농락당한 것이다. 모욕적이었다. 분한 마음, 모멸감, 수치심……. 좋지 않은 감정이 한꺼번에 몰려왔다. 지금까지 여행에서 쌓여 있던 모든 좋은 감정이 덮여버렸다. 불타버린 대성당은 눈에 들어오지도 않았다. 아무런 감흥도 느낄 수 없었다. 이곳을 벗어나고 싶었다. 아니 파리를 떠나고 싶었다. 불타버려 볼 것도 없는 성당에 왜 오자고 했을까. 후회가 들었다. 이곳에 오지 않았다면, 내가 오자고 하지 않았다면……. 아

내에게 미안했다. 겪지 않아도 될 나쁜 경험을 만들어 준 것 같았다. 아내는 훌쩍이고 있었다.

유럽의 소매치기는 대부분 집시 출신이라고 했다. 『파리의 노트르담』에 나오는 미모와 뛰어난 노래와 춤 실력, 풍부한 재주를 가진 아름답고 다재다능한 16세의 에스메랄다가 집시 출신이다. 우리가 집시를 만난 곳이 노트르담 대성당이었던 것은 우연이었을까. 여행은 필연을 가장한 우연이 계속되는 것이다.

집시Gypsy라는 호칭에는 비하하는 뜻이 담겨있다. 생김새가 달랐던 그들을 처음 본 유럽 사람들이 이집트에서 온 사람이라는 뜻의 그리스어 '귀프토이 Gyphtoi'라고 불렀던 데에서 유래했다. 한 언어학자가 집시들의 언어와 인도 북부 펀자브 지방의

그곳에 내가 있었네

언어가 유사하다는 것을 발견했다. 그리고 집시의 고향은 이집트가 아닌 인도 북부지방이라는 것이 확인되었다. 대부분 유랑하는 삶을 살다 보니 소유에 대한 개념이 없어 소매치기나 빈집 털이 등을 하며 생계를 유지하고 있다. 집시들의 소매치기는 이미 500년 전에도 사회 문제가 되었다는 기록이 있을 정도다. 2차 세계 대전 당시 나치는 유태인뿐만 아니라 집시들도 열등한 민족이라고 간주했고 그들 역시 학살했다는 기록이 있다. 그들도 가슴 아픈 이민족의 역사를 가지고 있다. 국제집시연맹도 있는데 차별의 의미를 가진 집시라는 호칭을 '사람'을 뜻하는 로마Rom, Roms, Roma, Romani 등으로 변경하자고 의결했고, 1995년부터는 유럽 내 공식석상에서 집시가 아닌 로마로 불리고 있다. 그들도 '사람'이고 싶은 것이다. 모든 집시가 아니, '로마'가 범죄자는 아니라는 것 또한 알고 있어야 할 것 같다.

여행하는 동안은 나 역시 어디에도 그들처럼 정착하지 못하는 이방인이었다. 떠돌아다니는 삶, 어디에서든 이방인일 수밖에 없는 존재. 절대로 현지인이 될 수 없는 영원한 이방인. 여행자인 나도 이방인이라 생각하니 짧은 순간이었지만 외로움과 쓸쓸함, 허전함을 느꼈다.

　몽마르트르 언덕 근처에는 여행자를 상대로 악수를 청하고 그 틈에 손목에 실로 만든 팔찌를 채우고 그 대가로 돈을 갈취하는 사람도 있었다. 몽마르트르 언덕을 지나 사크레쾨르대성당Basilique du Sacré-Coeur에 들렀다가 내려오는 길에 그들과 마주쳤다. 내 손목을 채 가지 못하게 주머니에 손을 깊숙이 찔러 넣고 걸었다. 아니나 다를까, 내 손목을 채 가는 사람이 있었다. 대번에 어깨를 돌리며 빠른 걸음으로 자리를 피했다. 짧은 순간이었지만 그의 눈빛에는 당황과 멋쩍음이 비쳤다. 삼삼오오 모여있던 이들이 실패한 사람을 가리키며 킥킥거렸다. 내 손목을 채 가려 했던 남자는 그들의 카르텔에서 이제 막 일을 배우는 초보가 아니었을까. 그들은 모두 피부가 검은 아프리카 난민이었다. 나도 그들과 같은 이방인이었다. 🔳

파리에서 만난 성자

파리, 프랑스

가을 끝자락의 파리는 촉촉하게 내리는 차가운 비와 짧아져 버린 낮 시간으로 이미 어두워지고 있었다. 숙소 체크인은 직접 해야 했다. 집주인 알렉산드레Alexandre가 체크인 방법을 이메일로 알려주었지만, 열쇠를 찾아서 체크인하는 일은 방 탈출 게임처럼 무척 어려웠다. 우편함을 열고 깊숙이 숨겨져 있는 열쇠함의 비밀번호를 눌러야 했다. 작은 박스가 열렸고 열쇠 꾸러미가 걸려있었다. 열쇠는 세 개. 첫 번째 열쇠로 공동 출입문의 문을 열었고, 두 번째 열쇠로 엘리베이터를 작동시켰다. 4층에 올라와 숙소 현관문을 열려고 낑낑대다가 엘리베이터에서 내린 옆집 아저씨와 가벼운 눈인사를 건넸다. 육중한 현관문은 열쇠를 세 바퀴나 돌려서야 겨우 열렸다.

짐을 내려놓고 손목에 걸려있는 시계를 봤다. 저녁 7시 40분. 배가 고프면 향수병이 도지는 법이다. 허기

를 먼저 달래야 했다. 가지고 있는 걸로 저녁을 해결해 보려 했지만 건조시킨 북엇국 한 봉지와 먹다 남긴 누룽지 조금이 전부였다. 시칠리아에서부터 세 시간 동안 비행을 했고 점심도 제대로 먹지 못해 무척 배가 고팠다. 파리로 이동할 때 이용한 3만 원짜리 저가 항공은 기내식은커녕 물도 한 잔 주지 않았다.

지도에서 근처 식당을 찾으려 했다. 낯선 곳에 있는 숙소를 찾아오는 통에 데이터를 모두 소진한 탓인지 핸드폰이 먹통이었다. 파리 외곽 마을의 어두운 골목길에 지나는 사람은 하나도 없고, 아는 사람이라고는 조금 전 눈인사를 나눈 옆집 아저씨뿐. 용기를 내서 옆집 초인종을 눌렀다.

그곳에 내가 있었네

부스스한 헤어스타일에 러닝셔츠만 입은 아저씨에게 근처에 식당이 있는지 물었다. 아저씨는 이곳은 시내와 멀어 차를 타고 20분 정도는 나가야 식당이 있다는 말을 손짓과 발짓으로 전했다. 그마저도 지금 시간이면 모두 문을 닫았을 거라고 얘기했다. 이제 겨우 저녁 8시인데 말이다. "아임 헝그리"라고 얘기했지만 아저씨는 알아듣지 못했다. 배를 문지르고 입에 무언가 집어넣는 동작을 보고 나서야, 걸어서 20분 거리에 슈퍼마켓이 있지만 8시에 문을 닫는다고 말했다. 서둘러야 했다. 지갑과 열쇠만 챙겨 들고 숙소를 나서려는데 초인종이 울렸다. 옆집 아저씨였다. 아저씨 가슴팍에는 음식이 한아름 들려있었다.

"배고프면 안 됩니다. 이건 프라이팬에 기름을 조금 둘러서 튀기듯 구워 먹고 반드시 냉동 보관해야 합니다. 이건 냄비에 부어 넣고 끓여서 먹으면 돼요. 내가 좋아하는 겁니다. 이건 그냥 먹으면 되는데 캔을 열 때 날카로우니 손 조심하세요."

고시생처럼 보이는 검정 뿔테안경에 헝클어진 머리의 아저씨는 폴란드에서 왔다고 했다. 폴란드어와 약간의 프

랑스어만 할 줄 안다고 했는데 손동작과 눈빛으로 조리법
을 알려주려고 애썼다. 간절한 마음은 눈빛만으로도 전해
지고 이해할 수 있다. 건네받은 음식으로 배고프지 않게,
그리고 따뜻하게 잠을 잘 수 있었다.

　프랑스 여정이 며칠 남지 않았을 때였다. 다음 여행지
로 이동하는 비행편과 숙소 예약증을 미리 인쇄해 두는 게
마음이 편했다. 프린터를 사용할 일이 있을 때는 호텔 리셉
션에 부탁해 인쇄하곤 했지만 파리 숙소는 호텔이 아니었

다. 인쇄하려면 도서관이나 PC방을 찾아야 했다. 숙소 인근 도서관은 작은 마을이라서 그런지 매일 문을 여는 곳이 아니었다. 파리 중심부에 있는 PC방에서 해결하기엔 왕복 열차비를 포함해 시간과 비용이 상당했다. 혹시나 하는 마음에 숙소 인근에 있는 작은 사무실에 들어가 부탁해 보기로 했다. 부탁해 보고 안 되면 시내로 나갈 생각이었다. 프린트해야 할 전자항공권과 바우처를 USB 메모리에 담아 준비했다.

작은 사무실에는 책상 두 개가 전부였고 직원이 혼자 앉아있었다. 무턱대고 말을 건넸다. 직원은 기꺼이 프린트를 해주었다. 한 장씩만 하면 되는 거냐며 확인도 해주었다. 열여섯 페이지나 되는 항공권과 예약증을 무사히 인쇄했다. 종잇값이라도 치르려고 비용을 물었다.

"프랑스를 여행하는 선물로 기억해 주세요."

뒤늦게 알게 된 이름은 루치아. 이름만 남긴 루치아는 점심식사를 해야 한다며 도망치듯 사라졌다.

가톨릭에서 공경하는 성인 중에도 루치아가 있다.

4세기 시칠리아 시라쿠사에서 태어난 루치아는 아픈 어머니를 위해 신에게 간절한 기도를 했고, 그에 대한 응답으로 어머니가 낫자 결혼하지 않고 신에게 의탁하며 혼자 사는 동정 서원을 한다. 그동안 모아두었던 결혼지참금을 비롯한 전 재산을 가난한 사람들에게 나눠주었는데, 이미 그녀에게 청혼했던 남자가 자기 재산이 사라지는 것에 분개해 로마 집정관에게 고발했고 체포되어 고문받는다. 하지만 끝까지 신앙을 굽히지 않은 루치아는 매음굴로 가라는 판결을 받는다. 그곳에서도 신앙을 굽히지 않자 결국 눈알이 뽑히는 처형을 당하고 죽는다. 미술관 그림 속의 루치아는 은색 접시에 올려진 눈알을 들고 있다.

내가 만난 루치아는 아주 평범했다. 고무줄 하나로 질끈 묶은 머리는 붉은빛이 조금 섞인 금발이었다. 동그란 안경을 쓰고 있었고 푸른 그림이 그려진 흰색 티셔츠에 너무도 평범한 청바지를 입고 있었다. 내가 만난 루치아처럼 성녀 루치아도 사람들 사이에 보통 사람의 모습으로 함께하

그곳에 내가 있었네

고 있었을지 모른다. 성녀 루치아뿐 아니라 많은 성인이 여행 중인 내 주변에 항상 함께하고 있었던 것 같다. 다만 내가 그들을 몰라봤을 뿐. 어제 지나쳤던 지하철역 노숙자들 사이에도 그들이 함께 있었을지 모를 일이다.

옆집 아저씨와 루치아뿐만이 아니라 파리에서 만난 사람들은 항상 도움을 주려고 했다. 열차를 어디에서 타야 할지 몰라 노선도를 보며 한참 동안 고민하고 있을 때 돋보기까지 꺼내 플랫폼을 알려주었던 중년의 아저씨가 그랬고,

와플 가게 앞에서 어떤 토핑을 골라야 할지 망설이고 있을 때 통역을 자처하며 다섯 가지 소스의 맛까지 보고 선택할 수 있게 도와준 아주머니가 그랬다. 물론 여행 중에 유일하게 소매치기를 만난 곳도 파리였지만 그 경험을 상쇄할 만큼 파리에 대한 기억은 '사람들'로 남아있다.

옆집 아저씨에게 파리를 떠나는 마지막 날에 초콜릿 한 박스를 건넸다. 아저씨는 여전히 알아들을 수 없는 말로 인사를 했다. 나는 아저씨의 인사를 여행 중에는 배고프면 안 되니 잘 챙겨 먹으라는 뜻으로 이해했다. 아저씨와 악수하며 살짝 고개를 숙여 인사했다. 🪕

여행의 무게

보베, 프랑스

계획에 없던 도시 보베Beauvais는 파리 북쪽에 있다. 처음 계획으로는 파리에서 프랑스와 스페인 사이에 끼어있는 작은 국가인 안도라공국을 거쳐 바르셀로나까지 육로로 이동하려고 했다. 증상이 나아지긴 했지만 심한 몸살감기를 앓고 난 후라 이런 컨디션으로 오랜 시간 구불거리는 산길을 지나기엔 무리였다. 더군다나 기차와 버스를 여러 번 갈아타야 하는 경로였다. 결국 안도라는 건너뛰고 비행편을 이용해 바르셀로나로 곧장 이동하기로 했다. 파리에서 바르셀로나로 이동하려면 저가항공사를 이용해야 했다. 저가항공사 전용 공항은 보베에 있었다.

파리에 있는 숙소에서 보베까지 이동이 쉽지 않아 하루 먼저 도착해 준비하기로 했다. 하지만 계획하지 않은 그 하룻밤이 여행을 조금 더 멋지게 만들어 주었다. 역시 여행은 예상할 수 없는 일의 연속이었다. 파리에 있는 숙소에서 보베까지는 기차로 한 시간 반. 우리나라로 치면 서울에서 천안 정도 떨어져 있는 곳이다. 다만 천안보다는 인구도 적고 면적은 훨씬 작다.

보베에 도착했다. 유럽에 있는 어느 도시보다 예뻤다.

고풍스럽지만 현대적이었고, 수풀이 있지만 자동차도 있었다. 사람들 표정도 밝아 보였다. 숙소를 찾아가는 길에는 유럽에 있는 여느 도시들처럼 커다란 광장이 있었다. 광장에는 통나무로 만든 작은 집들이 늘어서 있고, 한쪽에서는 주변 건물보다 높은 관람차를 수리하고 있었다. 회전목마도 조명을 설치하고 있었다. 그러고 보니 크리스마스가 한 달 앞으로 다가와 있었다. 크리스마스 준비에 광장을 통째로 사용하는 모양이었다. 파리보다 조금 더 북쪽이라 그런 걸까. 사람들 복장도 파리보다 조금 더 두꺼웠다. 털모자와 머플러를 두른 이들도 간혹 볼 수 있었다. 지금 이곳이 유럽이라는 게 다시 한번 실감 났다. 공사로 혼잡한 광장을 에둘러 지나야 했다.

예약해 둔 숙소는 광장 한편에 있었다. 1층은 레스토랑을 겸하고 있고 2층과 3층을 통틀어 방이 여섯 개뿐인 아주 작은 호텔이었다. 레스토랑에서 와인잔을 닦고 있던 여직원이 체크인을 도와주었다. 사실 직원을 찾아내기까지 시간이 조금 걸렸다. 실내가 어두웠고 직원 키가 작아 높은

그곳에 내가 있었네

카운터에 가려져 있어 잘 보이지 않았다. 키도 작은 데다가 깡마르고 아주 짧은 헤어스타일이라 자칫 어린 중학생 정도로 보일 수도 있었다. 시스템이 전산화되어 있지 않았던 걸까. 카운터 옆에 있는 두꺼운 노트를 뒤적이며 예약 현황을 찾아냈다. 신분을 확인한 후 돌려주는 여권을 챙겨 넣는 동안, 우리 짐을 옮겨준다며 메고 있던 배낭도 내려놓으라고 했다. 얼핏 봐도 자기 몸집보다 큰 배낭까지 옮기기에는 무리가 있어 보여 사양했다. 하지만 캐리어라도 옮겨주겠다며 반강제로 빼앗아 들고 따라오라며 손짓했다.

"내 손님이니 이 정도 서비스는 해야 해. 걱정하지 마, 팁은 안 받아." 레스토랑 카운터 옆에 붙어있는 작은 나무문을 지나 가파르고 좁은 계단을 마주했다. 레스토랑 실내보다 조금 더 어두웠다. 직원이 계단 옆 스위치를 조작했지만 전등은 켜지지 않았다. 스위치 고장 같은 사소한 문제는 늘 있는 것인 양 시니컬하게 중얼거렸다.

"이게 가끔 이렇게 말썽이네. 어제만 해도 멀쩡했는데. 걱정하지 마, 쉽게 고칠 수 있어." 거대한 트렁크를 양손으로 들고 계단을 오르는 직원 뒤를 따랐다. 아내가 작은 배낭 두 개를 메고 뒤에 섰고 나는 큰 배낭과 쇼핑백 하나를 들고 제일 뒤에 섰다. 계단이 가팔라서 앞에서 넘어지면 받쳐줘야겠다는 생각까지 하며 계단을 오르고 있었다.

열 칸 정도 계단을 올랐을까. 직원이 가방을 내려놓으며 투정 섞인 목소리로 말했다.

"너희는 집을 통째로 들고 다니냐! 헉! 헉!"

여행을 준비하면서 짐을 챙기는 동안 아내와 조율이 쉽지 않았다. 내가 챙기면 아내는 덜었고, 내가 빼내면 아내는 꼭 가져가자고 했다. 긴 여행에서 예측할 수 있는 모든 상황을 준비할 수는 없었지만 무턱대고 덜어낼 수도 없었다. 줄일 수 있는 짐은 최대한 줄였다고 믿었다. 싸구려 물안경은 발리에서 버렸고, 낡은 가방은 손잡이가 떨어져 방콕에서 버렸다. 얇은 티셔츠와 반바지 두어 장도 직전 여행지인 로마에서 정리한 후였다. 그래도 짐은 무거웠다. 그리고 많았다. 우리가 가지고 다니는 물건은 버릴 수 없는 것과 버려서는 안 되는 것, 그리고 끝까지 가져가야 할 것들만 남아있었다. 여행을 위해 새로 준비한 트레킹화, 방콕에

그곳에 내가 있었네

서 구입한 슬리퍼, 추운 숙소에서 사용할 휴대용 전기장판과 판초, 우산 등. 짐을 풀어놓고 하나씩 정리하며 고민해봐도 더 이상 버릴 짐은 없었다. 욕심이 큰 건지 걱정이 많은 건지. 가방에 들어있는 모든 물건이 앞으로를 위해서 필요한 것이었다. 버릴 수 없었다. 가방에 담겨있는 것만 있으면 세상 어디를 가든 적절히 그리고 적당히 지낼 수 있었다. 모자라지 않았고 알맞았다. 하지만 그 알맞음이 지나쳤다.

오랜 여행을 경험한 사람은 '세상을 사는 데 필요한 물

그곳에 내가 있었네

건은 생각보다 많지 않다'라고 말한다. 여행할 때 짊어지고 있는 게 내 삶에 주어진 무게라면, 이번 여행에서 버리지 못했던 것들은 내가 앞으로 살면서 반드시 덜어내야 할 것들이었다. 무엇이기에 그리 많이 짊어지고 있는 걸까. 어쩌면 그 무게가 나에게 주어진 숙제일지도 모른다. 그 숙제를 풀기 위해 지금도 짊어지고 버텨내고 있는 건 아닐까. 그것이 무엇이든 간에 지금도 조금씩 덜어내고 있다고 믿고 있다. 🪶

바르셀로나의 이발사

바르셀로나, 스페인

나이가 들면서 정수리의 머리숱이 점점 줄어들고 있다. 아버지를 닮은 탓이다. 가끔 무료로 측정해 준다는 두피 검사를 해보면 머리카락이 가늘어지고 있어 완전한 탈모가 될 거라는 충격적인 말을 했다. 물론 헤어용품을 팔기 위한 상술인 걸 안다. 사용해도 손해는 아니겠지만 많은 돈을 들여서까지 머리숱이 풍성해야 할 이유는 찾지 못했다. 대신 두어 달에 한 번은 파마를 해서 사라져 가는 머리숱을 감추며 지내고 있다.

벌써 집을 떠난 지 여러 날이 지나고 있었다. 한국을 떠나기 전에 단정했던 머리가 시간이 지나니 머털도사 같은 덥수룩한 머리가 되어갔다. 이발하는 게 어떻겠냐는 아내의 의견에 바르셀로나에서 커트할 수 있는 곳을 찾았다.

빨강, 파랑, 흰색의 리본이 빙글빙글 돌아가는 전통적인 이발소 표식을 발견했다. 남성 전용 헤어숍 체인점이었다. 유럽에서 미용실에 간다는 건 큰 비용을 지불해야 하는 일이라고 알고 있었는데 문 앞에 붙어있는 가격표를 보니 생각보다 저렴했다. 물론 머리를 감거나 면도를 하는 부가 비용은 추가로 내야 한다. 하지만 커트만 하는 건 생각보다 저렴했다. 우리 돈으로 8천 원 정도.

조심스레 문을 열고 들어섰다. 까까머리 중학생 시절 동네 이발소에 들어섰을 때처럼 비누 냄새와 머릿기름 냄새가 났다. 카운터에는 유럽 배경의 뮤지컬에 나올 것 같은 인상의 아주머니가 짙푸른 눈 화장을 하고 반겨주었다. 서너 명의 이발사가 일하고 있었고 동양인이라고 해서 특별히 눈길을 주지도 않았다.

'짧은 헤어스타일을 원합니다. 나머지는 당신이 알아서 해주세요.'

번역기에 스페인어로 미리 준비해 둔 말을 보여줬다. 나에게 배정된 이발사 조셉은 가위질이 서툴렀다. 다른 이발사들처럼 손동작이 리드미컬하지 않았다. 머리카락을 받치는 빗을 들고 있는 왼손은 달달 떨었고 가위를 든 오른쪽 손의 놀림은 경쾌하지 못했다. 어린아이의 첫 가위질처럼 조심스레 머리카락을 잘라내고 있었다. 미덥지 못했지만 별다른 수는 없었다. 쥐가 파먹은 것 같은 헤어스타일이 나오는 건 아닐지 걱정하며 조셉의 서툰 손놀림을 걱정

그곳에 내가 있었네

하고 있었다. 그때였다. 짧은소리로 탄성을 내뱉으며 조셉이 자기 손을 살폈다. 손가락 끝을 가위로 슬쩍 벤 것이었다. 이발사가 손을 베다니. 나무에서 떨어진 원숭이는 부끄러움이 컸을까, 엉덩이 아픔이 컸을까. 조셉이 치료하고 돌아오는 잠깐 동안 서툰 가위질로 내 귀도 베어버리지는 않을까가 걱정됐다. 눈을 질끈 감고 이발이 끝나기를 기다렸다. 목덜미에 서늘한 기운이 덮쳤다. 될 대로 되라지. 설마 귀를 자르기야 하겠어.

약간의 시간이 지났다. 조셉이 이발이 끝났다며 어깨를 툭툭 쳤다. 조심스럽게 눈을 뜨고 거울을 봤다. 나쁘지 않았다. 정수리의 비어가는 머리숱도 많이 드러나지 않았다. 무엇보다 귀가 잘리지 않았다. 내 담당 이발사 조셉과 악수

를 나누면서 다른 직업을 찾는 게 어떻겠냐고 우리말로 전했다. 물론 웃으면서. 알아들었을까.

신용카드로 계산하려는데 청구서에 이발사에게 팁을 주는 빈칸이 있었다. 서툴긴 했지만 자기 손가락을 희생하며 이발해 준 나의 이발사에게 1유로의 팁을 얹어 계산했다.

내 담당 이발사 조셉이 지금은 가위질에 익숙해졌을까. 궁금하다. 어쩌면 오페라 「세빌리아의 이발사」 주인공 피가로가 마을 사람들의 만능 해결사가 된 것처럼 바르셀로나 사람들의 해결사가 되어있을지도 모를 일이다. 🦌

바르셀로나에서 토론토까지

공항에서

"여행증명서가 없으면 발권이 안 됩니다."

쿠바를 향하는 항공사로 에어캐나다를 선택했다. 바르셀로나에서 토론토로, 토론토에서 쿠바로 가는 에어캐나다 환승이었다. 에어캐나다를 이용하면 기내에서 쿠바 입국비자와 비슷한 여행증명서를 무료로 나눠준다는 정보를 홈페이지에서 봤기 때문이다. 하지만 바르셀로나 체크인 카운터 직원은 여행증명서를 확인하지 않으면 발권을 할 수 없다고 했다. 비행기를 타야 증명서를 받을 수 있는데, 비행기를 타려면 증명서가 있어야 한다. 뫼비우스의 띠처럼 시작과 끝이 없는 무한루프에 빠진 것이다. 당황스러웠다. 아내는 발을 동동 굴렀고, 비행기에서 나눠준다는 정보가 확실하냐며 나를 다그쳤다. 갑작스러운 문제에 침착함을 잃었다. 그렇게 간절히 바라던 쿠바를 목전에 두고 계획이 꼬였다.

발권을 담당하는 직원은 직원용 모니터에 나온 빨간색 경고 메시지까지 보여주며 자기도 어쩔 수 없다고 했다. 에어캐나다 사무실에 전화를 걸어 확인할 수 없느냐고 물었지만, 바르셀로나 공항에는 에어캐나다 사무실이 없다고 했다. 카운터 직원은 뒤에 있던 매니저에게도 확인했지만, 돌아온 대답은 마찬가지였다. 에어캐나다 홈페이지의 안내 화면을 보여주면 가능할 수도 있었다. 하지만 탑승 시간은 다가오고 있었고 손은 떨리기 시작했다. 당황한 손가락은 핸드폰의 화면을 제대로 터치하지 못했다. 예약할 때 쉽게 찾았던 안내 화면은 어디로 간 걸까. 눈에 들어오는 건 빨간색 단풍잎의 에어캐나다 로고와 떨리는 내 손가락뿐이었다. 이미 카운터 직원의 눈은 우리를 떠나 다음 대기자를 부르고 있었다. 지금 선택할 수 있는 건 둘 중 하나였다. 바르셀로나에 머물거나 여행증명서를 구하거나.

어쩔 수 없이 한 장에 8만 원 정도의 값을 치르고 여행증명서를 샀다. 여행증명서를 해결하려고 공항에서 허비한 시간 때문에, 여유 있게 공항에서 식사하려던 계획도 틀어졌다. 더군다나 체코에서 산 아내의 핸드폰 세금 환급도 접수하지 못했다. 결국 쿠바에 가려고 30만 원이 넘는 금액을 불필요하게 지출한 꼴이 돼버렸다. 도대체 쿠바는 얼마나 예쁜 모습을 보여주려고 숙제를 만들어 주는 걸까. 불필

그곳에 내가 있었네

요한 지출이 아까웠다. 혹시 환승하는 토론토 공항에서 해결할 방법이 있지 않을까 막연히 기대하며 바르셀로나에서 토론토까지 아홉 시간의 비행을 시작했다.

비행기는 정시에 토론토 공항에 도착했다. 환승은 어렵지 않았다. 12월 초의 토론토 공항은 이미 크리스마스였다. 높다란 천장은 은은한 불빛의 샹들리에 장식이 뒤덮었고, 통로와 면세점 앞에는 전나무와 빨간색 리본 장식으로 크리스마스 분위기를 더하고 있었다. 환승과 탑승으로 오가는 사람들 사이에서 안내소를 찾았다. 에어캐나다 명찰을 달고 있는 직원에게 항공권과 여행증명서를 내밀고 물었다.

"쿠바 도착 전에 항공기 안에서 여행증명서를 나눠줍니다. 항공권 비용에 포함되어요."

"바르셀로나 공항에서 직원의 실수로 여행증명서를 샀습니다. 처리해 줄 수 있나요?"

이미 구입한 여행증명서는 처리해 줄 방법이 없다는 기계적인 대답이 돌아왔다. 항의하고 싶었지만 지금 이곳은 토론토였다. 어쩌겠나. 나는 지구 반대편에서 온 외국인일 뿐인데. 이제 겨우 또 하나의 숙제를 해결했을 따름이었다. 쿠바에 가기 위한 여정은 왜 이리 어렵고 힘든지……

　여행증명서 문제는 잊고 다음을 준비하는 게 현명했다. 쿠바에 도착하기 전에 휴대용 마사지기에 사용할 건전지를 사야 했다. 장시간의 비행과 여독을 풀기 위해 아내가 준비한 여행 필수품이었다. 미리 바르셀로나에서 준비해야 했지만, 여행증명서 문제를 해결하느라 건전지까지 머릿속에 담아두지 못한 탓이었다. 건전지는 쿠바보다 토론토에서 사는 게 현명한 판단이었다. 마침 환승구역에 건전지를 판매하는 덩치 큰 검은색 자동판매기가 있었다. 체크카드를 넣고 카드 비밀번호를 눌러서 쉽게 구할 수 있었다. 건전지도 준비했고 여행증명서도 어찌 되었든 해결했으니 이제 마음 놓고 쿠바에 도착해서 즐기는 일만 남았다. 도대체 쿠바는 어떤 모습을 보여주려나. 그 생각만 하기로 했다. 🔳

하바나에서 아침을

하바나, 쿠바

거짓말처럼 아침 7시가 되기도 전에 눈이 떠졌다. 열두 시간이 넘는 비행과 환승으로 피곤할 법도 했지만 무슨 일인지 컨디션이 아주 좋았다. 어제까지 머물렀던 바르셀로나와 다섯 시간의 시차가 있었지만 적응에는 아무런 문제가 없었다. 쿠바를 느끼기에 아주 좋은 컨디션이었다. 나무로 만든 유리 없는 창으로 비스듬히 들어오는 햇빛은 전날까지 머물렀던 바르셀로나의 그것과는 달랐다. 똑같은 태양이지만 분명 다른 느낌이었다. 바르셀로나가 밝은 노랑이라면 하바나의 아침은 파스텔색 무지개 같았다. 멀리서

들려오는 음악의 리듬이 낯설지 않았고 아이들이 깔깔거리는 웃음소리가 반가웠다. 바르셀로나를 떠나면서 겪었던 여행증명서 문제는 이번 여행에 기억해야 할 한 장의 사진이 되었다. 그만 잊고 새롭게 쿠바 여행을 시작하면 됐다.

　이불 속에서 웅크리고 있는 아내에게 드디어 쿠바에 왔다고 이야기하며 여행의 행복감과 기대감에 젖었다. 슬슬 채비하고 숙소를 나서야 했다. 아침 식사를 거르지 않는 아내를 위해 조금 늦더라도 반드시 챙겨야 했다. 간밤에 체크인할 때 숙소 주인 야리Yari가 조식을 주문하겠냐고 물었는데 늦잠을 자게 될 것 같아 거절했던 게 아쉬웠다. 쿠바의 음식은 어떤 맛일까. 헤밍웨이가 즐겨 마셨다는 모히또와 다이끼리도 마셔보고 싶었다. 이미 끊은 담배지만 시가도 멋들어지게 한 대 피워보고 싶었다. 올드카가 질주하는 거리를 하루 종일 쳐다보고 싶었다. 거리 어딘가에 가만히 앉아만 있어도 쿠바를 충분히 느낄 수 있을 것 같았다.

　하바나의 첫날엔 어떤 옷이 어울릴지 생각했다. 노란색 반바지를 입을까, 반팔 티셔츠는 어떨까, 줄무늬 티셔츠는 어떨까 생각하며 지갑과 가방을 챙겼다. 어딘가에서 받

그곳에 내가 있었네

아둔 영수증이 지갑 사이에서 떨어졌다. 다시 넣으려고 지갑을 열었다. 짙은 녹색 체크카드가 있어야 할 곳이 비어있었다. 아내가 가지고 있는 걸까. 아내의 지갑을 열었다. 없었다. 기억을 더듬었다. 어디로 갔을까. 가방의 작은 포켓을 확인했다. 어젯밤에 입고 왔던 외투도 뒤졌다. 없었다. 여권 사이도 확인했다. 침대 옆의 작은 테이블도 찾아봤고 핸드폰 케이스도 열어봤지만 사라진 체크카드는 보이지 않았다. 체크카드가 감쪽같이 사라진 것이다. 그 카드에는 여행 경비 전부가 들어있었다.

카드를 마지막으로 꺼낸 게 언제였을까. 기억을 더듬었다. 간밤에 도착한 이곳에서는 사용할 일이 없었다. 그전에, 도착했던 하바나 공항에서도 절대로 꺼내지 않았다. 환전소에 두고 왔을까. 그건 아니다. 비행기에서는 꺼낼 일이 없었다. 기억이 조금씩 좁혀졌다. 바르셀로나 공항에서 여행증명서를 구입할 때 사용했다. 그다음은?

토론토 공항! 건전지! 자동판매기!

생각이 났다. 환승했던 토론토 공항 자동판매기에 그대

로 꽂아두고 돌아섰다. 건전지만 챙기고 카드는 그대로 두고 온 게 확실했다. 아내는 이미 사색이 되었다. 눈물만 흐르지 않았지 울고 있었다. 손까지 덜덜 떨고 있었다. 나도 떨렸다. 분실신고부터 해야 했다. 아니 그전에 누가 돈을 빼 가지는 않았을지 승인 명세부터 확인해야 했다. 핸드폰을 열었다. 하지만 이곳은 쿠바다. 통신이 되지 않는 암흑 세계다. 아내를 달랠 겨를도 없었다. 누구에게든 부탁해야 했다. 옷을 입는 둥 마는 둥 방을 나와 숙소 주인 야리를 찾았다. 신용카드를 분실했고 승인 내역을 확인해야 한다, 분실신고도 해야 한다, 와이파이를 사용해야 한다는 이야기를 앞뒤 가리지 않고 짧은 영어와 손짓 발짓을 섞어가며 전달했다. 야리는 혹시 모르니 접속해 보라며 희미하게 잡히는 와이파이의 비밀번호를 알려주었다. 하지만 여전히 먹통이었다. 거실 TV 옆에는 와이파이 단말기가 녹색 불빛을 반짝이고 있었고 그 옆에는 구형 노트북도 있었지만 인터넷에 접속은 되지 않았다. 야리는 골목을 나가 잉글라테라 호텔로 가면 와이파이가 가능할 거라고 했다. 서두르라며 약도를 그려주었다. 숙소를 나서서 오른쪽으로 두 번……

큰길을 따라 직진……

　정신없는 중에 여행을 계획할 무렵 봤던 한 연예인이 쿠바 여행을 했던 방송이 떠올랐다. 와이파이를 사용하기 위해 한 시간 넘게 줄을 서서 통신 카드를 샀고 와이파이 존이라는 곳을 찾아야 인터넷에 접속할 수 있었다. 호텔을 향해 뛰면서 그 장면이 머릿속에 그려졌다. 호텔에서 인터넷에 접속할 수 있을까? 만약 야리가 틀린 거라면 어쩌지? 와이파이 카드를 사야 한다면 상점을 찾아야 했다. 상점을 찾더라도 줄을 서야 하고 언제 문을 열지도 모르는 상점 앞에서 초조하게 기다려야 하는 상황을 상상했다. 일단 숙소 주인의 말을 믿을 수밖에 없었다. 아내를 끌다시피 손을 당기며 호텔을 향해 뛰었다.

　카운터 직원을 찾

앉다.

"신용카드를 분실했습니다. 분실신고를 해야 하는데 와이파이를 사용할 수 있을까요? 제발 도와주세요." 카운터에 앉아있던 눈매 사나운 직원은 우리의 다급함과 자신은 아무 상관이 없다는 듯 와이파이 카드가 모두 팔려 없다고 했다. 도와줄 방법도 없다며 매몰차게 고개를 저었다.

"그러면, 국제전화라도 사용할 수 있을까요? 사용료는 충분히 드릴게요." 얼마를 지불하든지 외부 세계와 연결이 돼야 했다. 쿠바에서는 국제전화를 사용할 수 없다고 했다. 방법을 찾을 수 없었다. 아내와 나는 안내데스크에 매달려 "제발 제발"을 반복하고 있었다. 지나가는 다른 직원에게 스페인어로 번역해 둔 핸드폰 화면을 보여줬다. 그 직원은 앞에서 통화하고 있던 매니저를 쳐다보았다. 누가 봐도 매니저였다. 무척 바빠 보였고, 낡았지만 핸드폰도 두 대나 들고 있었다. 통화를 하며 카운터의 다른 직원들에게 손가락으로 이곳

그곳에 내가 있었네

저곳을 가리키며 무언가 지시도 하고 있었다. 드디어 통화를 끝냈다. 매니저는 무슨 일인지 물었다. 번역해 놓은 화면을 보더니 난처함에 공감하는 표정을 지었다. 매니저는 처음 찾았던 눈매 사나운 직원을 불러 와이파이 카드를 내주라고 이야기했다. 직원은 남은 게 없다며 손을 내저었지만 매니저가 고압적인 표정을 지으며 한마디 했더니 못 이기는 척 서랍을 열어 와이파이 카드를 꺼내주었다. 서랍 속에는 제법 많은 양의 카드가 들어있었다.

한 시간 동안 와이파이를 사용할 수 있는 카드의 가격은 미국 1달러와 같은 금액인 1CUC 혹은 쎄우쎄. 통신 회사에서만 살 수 있을 줄 알았던 와이파이 카드가 호텔에도 있었다. 투숙객들을 위해 준비해 둔 호텔의 서비스라고 생각했다. 와이파이 카드를 한 장 받아 들고 어떻게 사용하는지 알려달라고 했다. 인상 좋은 매니저는 파란색 매니큐어가 칠해진 기다란 손톱으로 비밀번호가 있는 칸을 긁어서 사용법을 알려주었다. 의자에 앉아서 확인하라며 배려도 해주었다. 물도 한 잔 가져다주었던 것 같은데 정신이 없던 터라 정확한 기억은 아니다. 와이파이에 접속하니 페이스북에 댓글이 달렸다는 알림이 몇 개 날아왔다. 한국에서 보낸 광고 메시지도 함께 날아왔다. 뿌옇게 보이던 세상이 밝아졌다. 낭떠러지에 매달려 있는 나에게 황금 동아줄이 내려온 것 같았다. 제일 먼저 체크카드 승인 내역을 확인했다. 건전지 구입이 마지막이었다. 다행이었다. 터치 몇 번으로 분실신고도 마쳤다. 1분도 채 걸리지 않았다. 온몸의 힘이 빠지며 의자 등받이에 몸을 한껏 기댔다. 이마에 흐르고 있는 땀을 닦았다. 그리고 아내를 끌어안았다.

그제야 주변이 눈에 들어왔다. 커다란 호텔 식당에는 중년과 노년의 백인들이 삼삼오오 모여 아침 식사를 하고 있었다. 호텔 인테리어는 고풍스러웠다. 다만 시간의 흔적을 곳곳에서 느낄 수 있었다. 여행 상품을 상담하는 카운터 테이블의 다리 하나가 다른 나무로 덧대어져 있었다. 바닥의 대리석은 대부분 깨져있었고 그사이에 검은 때가 끼어 시간의 흔적을 더 도드라지게 하고 있었다. 우리가 앉았던 식당 의자도 생김새가 제각각이었다. 쿠바에서 가장 큰 호텔의 모습이었다. 잉글라테라 호텔 주변은 근래에 생긴 와

이파이 존이었다.

쿠바에서의 첫날을 체크카드 분실과 신고로 허둥대며 시작했다. 긴장이 한꺼번에 풀리면서 웃음이 비적비적 새어 나왔다. 아내에게 해결했으니 안심하라고 말하자 돌아온 건 등짝 스매싱이었다. 세상에서 가장 시원한 등짝 스매싱을 맞았다. 그리고 이 사건을 기념해야 한다며 사진을 찍어주었다. 7달러짜리 건전지를 사다가 체크카드를 분실했다. 다른 일이 없었으니 망정이지 하마터면 여행 전부를 망칠 뻔했다. 온전히 내 탓이었다. 조금 더 집중하고 조금 더 신경 써야 하는 일이었다. 인생에 만약은 없지만 상상만 해도 끔찍하다. 카드를 도용당했으면 어쩔 뻔했나. 여행 경비 전부가 있는 체크카드의 돈을 누가 빼 가기라도 했다면, 건전지 자판기에는 제법 비싼 헤드폰도 팔고 있었는데 누군가 버튼이라도 눌렀다면…….

숙소로 돌아와 야리에게 해결했다고 말했더니 안심하고 쿠바를 느껴보라는 응원의 인사와 함께 시원한 물을 한 잔 건네주었다. 이제 진짜 쿠바를 만나러 길을 나설 차례였다. 🔲

눈물을 먹어야 하는

하바나, 쿠바

쿠바 사람들은 어떤 음식을 먹으며 살고 있을까. 물자가 부족하다는데 식재료는 어떨까. 쿠바는 나에게 어떤 맛을 보여줄까. 큰 기대를 하고 식당을 찾았지만 쿠바 전통음식이 무엇인지 제대로 알고 있지 못했다. 마침 눈에 띄는 흰색 모자와 깔끔한 노란색 앞치마를 두르고 수줍게 말을 걸어온 호객꾼을 따라 식당에 들어섰다.

점심이 임박한 시간이라 한두 테이블 정도는 손님이 있을 거라고 기대했다. 개업한 지 얼마 안되었는지 흰색 페인트가 정갈하게 칠해져 있는 식당 내부는 호객꾼의 차림새처럼 깔끔했다. 하지만 그게 전부였다. 네 개뿐인 테이블은 제각기 다른 모양이고 식당 것이라고 하기에는 어울리지 않는 기다란 벤치가 의자를 대신하고 있었다. 내가 앉은 테이블은 다리 길이가 서로 달라 뒤뚱거렸다.

주인아주머니가 "웰컴" 하고 영어로 인사를 건넸다. 천천히 주문하라는 인사를 하며 메뉴판을 갖다줬다. 스페인어와 영어가 함께 적혀있는 메뉴판을 보며 망설였다. 마침 벽에 있는 햄버거와 샌드위치 사진이 허기진 배를 얼른 채우라며 재촉했다. 벽을 가리키며 왼쪽 것 한 개, 오른쪽 것한 개. 더불어 '신선한 과일샐러드'라고 적힌 메뉴를 추가했다. 아주머니는 탁월한 선택이라며 엄지손가락을 들어 보여주고 음식 준비를 위해 주방으로 돌아섰다.

숨을 내쉬고 가게를 둘러보는 순간, 맞은편 벽을 타고 햄버거 사진을 향해 기어가는 검은 물체. 내 엄지손가락 크기는 족히 돼 보이는 바퀴벌레였다. 내 시선을 알아챈 것일까. 노려보듯 잠시 멈췄다가 기민하게 발을 놀려 사진 뒤로 숨었다. 아내에게는 말하지 않았다.

길지 않은 시간이 지나 음식이 차려졌다. 내 앞에 놓인 햄버거는 바퀴벌레가 숨어있는 벽에 걸린 사진의 햄버

그곳에 내가 있었네

거와 닮았지만 똑같지는 않았다. 쿠바는 어떤 맛일지 기대하며 크게 한 입 베어 물었다. 고기 패티의 익숙함이 없는 소시지, 밀가루 풋내가 채 가시지 않은 거친 식감의 빵. 햄버거는 그게 전부였다. 그사이에 들어있는 오이도 별반 다르지 않았다. 이건 도대체 무슨 맛인 걸까. 이 물컹거리는 식감의 정체는 뭔가. 먹어도 되는 걸로 만든 걸까. 아내 앞에 차려진 샌드위치라는 이름의 음식도 마찬가지였다. 어떤 생명체의 것인지 알 수 없는 고기는 아무리 씹어도 잘게 나뉘지 않았다. 빨간색 소스는 익숙한 케첩 맛이 아니었다. 쿠바의 첫 식사가 이런 맛이라니. 이게 쿠바의 맛인 걸까. 물때로 얼룩진 컵에 담겨 나온 신선한 과일샐러드는 서너 가지 과일을 짓뭉개서 설탕물에 절여놓은 것이었다. 과일 맛이 나지 않았다. 전혀 없었다. 설탕 맛이 전부였다. 먹

는 둥 마는 둥 포크로 빵과 고기를 헤쳐놓는 아내와 눈이 마주쳤다. 실망인지 원망인지 알 수 없는 눈빛. 내가 먹지 않으면 아내도 먹

눈물을 먹어야 하는

지 않을 것 같아 꾸역꾸역 입에 넣었다. 그나마 먹을 만한 설탕 맛 과일을 퍼 먹고 있으니 아주머니가 맛이 좋은지 물어보며 더 먹으라는 친절을 베풀었다. 호의를 생각해서 먹어야 했지만 결국 남길 수밖에.

이 식사가 16CUC, 우리 돈 약 18,000원이다. 가구당 한 달 수입이 약 3만 원 정도인 쿠바에서는 상당히 높은 음식값이다. 서둘러 계산하고 밖으로 나왔다. 배고픔은 달랬지만 포만감은 없었다. 도대체 내 뱃속에 들어있는 게 뭘까. 먹어도 되는 걸 먹은 걸까. 따뜻한 국물로 속을 달래는 상상을 하며 이곳에 라면 가게를 차리면 제법 잘될 것 같다는 쓸데없는 생각을 하고 있을 때 아내가 말했다.

"아까 그 식당에서 바퀴벌레 봤어."

"봤어? 내 엄지손가락만 한, 햄버거 사진 뒤로 숨은 그 녀석?"

"아니, 자기 뒤편으로 줄지어 가는 여섯 마리 가족."

하바나에 닷새를 머무는 동안 맛본 음식은 모두 한결같았다. 신선한 재료는 구경할 수 없었고, 식재료는 다른

그곳에 내가 있었네

것들과 뒤섞여 무슨 맛인지 느낄 수 없었다. 기대와 예상이 완전히 빗나갔다. 한번은 사람이 제법 들어찬 피자가게를 찾았을 때였다. 이번엔 기필코 맛에 대해 성공하자는 생각으로 여행자 골목을 몇 바퀴 돌면서 어렵게 선택한 식당이었다. 식당 안은 가족 단위의 손님이 대부분이었다. 사장으로 보이는 사람은 정장 차림으로 손님을 안내하고 있었고 종업원도 검은색 유니폼을 갖춰 입고 손님을 응대하고 있었다. 몇몇 테이블은 식사와 함께 포장 주문도 함께 하고 있었다. 기대를 안고 마르게리타 피자를 주문했다. 메뉴에는 코카콜라가 있었지만 서비스되지 않는다고 했다. 그 대신 쿠바 브랜드인 뚜 콜라Tu Cola를 추천했다. 뚜 콜라는 코카콜라와 맛이 비슷했다. 콜라를 음식에 포함하면 쿠바에서 가장 맛있는 음식은 뚜콜라라고 자신 있게 말할 수 있다.

콜라 맛을 음미하고 있을 때 피자가 나왔다. 우리

앞에 놓인 피자는 이탈리아에서 맛본 마르게리타 피자와 생김부터 달랐다. 이탈리아 마르게리타 여왕의 이름이 붙은 피자는 녹색 바질과 빨간 토마토소스, 흰색 모차렐라 치즈로 세 가지 색을 내야 한다. 하지만 우리 앞에 놓여있는 피자는 아무리 들춰봐도 녹색을 찾을 수 없었다. 소스의 빨간색은 케첩이 아니었다. 한 조각 집어 들고 크게 베어 물었다. 기대가 크면 실망도 크다는 불변의 법칙을 다시 상기시켜 주었다. 입속의 치즈는 미끈거리며 따로 돌았고 밀가루 반죽은 퍽퍽했다. 엄청난 두께의 퍽퍽한 빵과 입속에서 도망 다니는 치즈. 주문을 잘못한 건 아닐까. 메뉴판에 적힌 피자 이름을 확인하며 주방에서 만들어져 나오는 피자들을 보니 그 모양이 모두 똑같았다. 설마 모두 같은 피자를 주문한 걸까. 아니었다. 피자 이름은 다르지만, 모양은 모두 똑같았다. 다른 테이블의 쿠바 사람들은 즐거운 표정으로 식사를 했다.

카리브해 한가운데 떠 있는 쿠바에서 해산물 요리를 구경할 수 없었다. 최고급 레스토랑을 찾지 않은 까닭일 수

그곳에 내가 있었네

도 있겠지만, 들렀던 모든 식당에서 해산물을 조리한 메뉴는 없었다. 도대체 쿠바 사람들은 무얼 먹고 사는 걸까. 일상의 식탁이 궁금했다. 숙소 주인의 열 살 된 아들은 대접에 한가득 무언가 담아서 숟가락으로 퍼 먹는 식사가 전부였다. 보리 죽 같기도 했고 팥앙금처럼 보이기도 했다. 숙소에서 차려준 아침 식사는 거친 식감의 빵 몇 조각과 계란 프라이, 치즈, 과일이었다. 커피와 우유도 준비해 주었는데 보온병에 담긴 우유는 전지분유를 녹인 것이었다. 나중에 알았지만, 쿠바는 우유도 생산할 수 없어 전지분유를 해외에서 원조받는다고 했다. 혹시 내가 마신 우유가 쿠바의 아이들을 위해 원조받은 다음 밀거래된 것일지도 모른다는 생각이 들었다. 쿠바에 머무는 동안 숙소의 조식보다 더 나은 음식은 찾을 수 없었다. 식당에서 밥을 사 먹느니 차라리 1CUC짜리 뚜 콜라를 마시고 말지.

쿠바의 음식은 왜 맛이 없을까? 물자가 부족하다는 짧은 말로는 쉽게 이해가 되지 않았다. 1953년 쿠바 혁명 이후 쿠바가 가지고 있는 경제 자원은 사탕수수, 즉 설탕뿐이

그곳에 내가 있었네

었다. 쿠바 혁명의 근간인 자급자족을 위해 사탕수수 밭을 다른 용도로 바꿨지만 500년도 넘게 사탕수수만 재배했던 밭의 토질을 바꾸는 일은 쉽지 않았다. 거기에 더해 미국의 경제 제재로 설탕의 수출도 막혀버렸다. 모든 인구를 먹여 살리기에는 쿠바 농업이 아직 준비돼 있지 않다는 사실만 알게 되었을 뿐이다. 1970년대에 쿠바 정부는 다시 설탕만 생산하기로 정책을 변경한다. 그나마 다행스럽게도 당시 소련이 공정무역이라는 이름을 내세워 쿠바의 설탕을 비싼 값으로 사주면서 경제 정책을 도왔다. 그러다 보니 쿠바는 설탕을 제외한 다른 산업의 전문성은 사라지게 되었고, 그 후 소련이 붕괴하면서 그마저도 멈춰버렸다. 이미 농업 기술은 모두 사라져 버렸고, 남은 것은 소규모 농사로 생산하는 제철 작물뿐이다. 결국 시장에서 거래되는 식재료는 그들의 주머니 사정에 비해 턱없이 비싼 물건이 되었고, 국가에서 나눠주는 배급 쿠폰으로는 감당할 수 있는 수준을 넘어버렸다. 사방이 바다라서 해산물을 생산할 수 있지만 그마저도 여행객을 위한 최고급 호텔 납품과 수출로 빠져 버려, 쿠바 국민은 직접 낚시하지 않는 이상 해산물도 구경하기 힘들게 되었다. 개별적으로 배를 타고 나가는 일은 국가에서 금지하고 있다. 아마도 밀항이나 탈출을 막기 위해서라고 짐작해 본다. 국가에서 해산물 수출로 약간의 생필품을 수입하고 있는 게 공산품의 전부라고 해도 과언이 아니다.

진정한 쿠바의 맛은 그들의 재즈처럼 '어울리지 않는 것들의 어울림'일지도 모른다. 아직도 나에겐 「부에나비스타 소셜클럽」의 재즈를 이해하기 어려운 것처럼 말이다.

쿠바를 떠나며 사랑을 알았네

하바나, 쿠바

쿠바는 미국과 다시 수교를 맺었지만, 여전히 생필품은 부족했다. 상점에 진열된 물건은 다양하지 않았다. 세탁세제를 파는 상점에는 한 가지 제품만 진열되어 있고, 바로 옆 샴푸를 파는 상점 역시 초록색 로고의 샴푸 한 가지만 진열돼 있었다. 식료품 상점도 상황은 비슷했다. 주스도 한 가지뿐이었다. 과자도 크래커와 스낵이 각각 한 가지뿐이었다. 쿠바 사람에게 쇼핑의 즐거움, 물건을 고를 수 있는 선택권은 없어 보였다.

대부분의 상점 앞에 사람들이 길게 늘어서 입장을 기다리고 있었다. 한 번에 상점에 들어갈 수 있는 인원을 제한하고 있었다. 예전에 여행했던 명품 상점이 늘어서 있는 홍콩 칸톤 로드의 모습과 비슷했다. 그곳은 명품, 이곳은 생필품이다. 하지만 쿠바의 것들이 명품보다 훨씬 더 값어치 있어 보였다. 지갑보다는 샴푸, 핸드백보다는 세제였다.

숙소에서 마실 주스를 하나 사려고 그들과 똑같이 상점 앞에 줄을 섰다. 무질서는 없었다. 다들 조용히 순서를 기다리고 있었다. 내가 외국인이라서 그랬던 것일까. 문 앞에서 사람을 통제하고 있던 경비가 바로 들어가게 해주었다.

그 상점 역시 다른 상점과 상황은 비슷했다. 상점에 진열된 주스와 과자는 멕시코에서 생산한 것들이 대부분이었다. 아이스크림과 얼음으로 채워져 있어야 할 냉동고는 덜덜거리는 모터 소리가 그것을 대신하고 있었다.

주스를 사서 숙소로 돌아가는 길이었다. 골목 귀퉁이 공터에 조금 전 상점처럼 사람들이 줄을 서 있었다. 차림새는 상점 앞의 사람들과 조금 달랐다. 티셔츠가 조금 더 늘어나 있었고 몇몇은 신발을 신고 있지 않았다. 재래시장 역할을 하는 작은 공터였다. 잠시 들렀다. 이번에도 기다리지 않고 바로 들어갈 수 있었지만, 외국인이 그곳을 찾는 게 처음이었는지 상점에서와는 다르게 모두가 나를 훔쳐보았다. 시장 안에는 대여섯 가지 채소뿐이었다. 감자, 토마토, 푸성귀, 그것들을 맨바닥, 그러니까 아무것도 깔아두지 않은 흙바닥에 늘어놓고 있었다.

하바나 구시가지, 올드 하바나의 뒷골목은 걷기 힘들 정도로 웅덩이가 파인 곳이 많았다. 그 웅덩이에는 쓰레기통에서 흘러나온 구정물이 고여있기 일쑤였다. 그곳에서도

아이들은 찌그러진 깡통 한 개로 소리를 치며 축구를 했다. 어느 집 현관 앞에 쪼그리고 앉아 한동안 지켜봤지만, 깡통이 아니 축구공이 웅덩이에 빠지는 일은 없었다. 미용실인지 이발소인지 여러 가지 머리모양의 빛바랜 사진을 붙여 놓은 곳이 있어 양해를 구하고 사진 한 장을 찍었다. 의자는 얼마나 사용한 것일까. 때가 잔뜩 끼어 잿빛으로 반질거리는 인조가죽 의자가 지금까지의 그리고 지금의 삶을 이야기해 주는 것 같았다.

말레콘이라는 이름이 붙어있는 방파제를 찾았다. 도시

그곳에 내가 있었네

로 파도가 들이치는 것을 막기 위해 건설해 둔 것이라는 설
명이 있었다. 시작과 끝을 알 수 없는 잿빛 콘크리트, 그 위
에 올라서서 위태로운 모습으로 낚시하던 남자를 지켜보다
가 말을 붙였다. 남자는 스페인어, 나는 더듬거리는 영어,
그리고 손짓과 발짓. 쿠바 사람과의 대화는 그것이면 충분
했다. 남자는 오늘 저녁 식사를 위해 두 마리만 잡으면 된
다고 말하며 이미 잡아놓은 한 마리를 들고 한껏 웃어 보
였다. 그리고 사진을 찍어달라며 포즈를 취했다. 내일이 아
닌 오늘을 위해 낚시하는 남자, 오늘 저녁, 아니 지금 이 순

간을 준비하고 있는 남자가 나보다 더 현명한 삶을 사는 것 같았다. 어쩌면 나는 오지 않을 수도 있는 내일, 아니 더 먼 내일을 위해 얼마나 많은 걱정을 하며 살고 있는 걸까. 남자 옆에 함께 서서 낚시를 한동안 지켜봤다. 남자가 드디어 한 마리를 더 잡았다. 남자는 짐을 챙기고 악수를 청하며 행운을 빌어주었다. 나도 남자에게 오늘 저녁의 행운을 빌어주었다.

　　남자와 헤어지고 방파제를 따라 반대로 걷다가 이번에는 절뚝거리는 다리로 낡은 수레를 밀고 있는 아저씨와 마

주쳤다. 아저씨는 "Cerveza! 맥주! Agua!물!"를 외치며 수레를 밀고 있었다. 아저씨에게 맥주를 하나 샀다. 잿빛 방파제에 걸터앉아 한 모금 마셨다. 내가 보고 있는 바다의 이름은 플로리다 해협. 방파제 앞 바다는 쿠바 이름을 가지고 있지 않았다.

자신의 이름마저 붙일 수 없었던 것일까. 바다 건너 타국의 지명이 붙어있는 바다를 보며 마신 맥주는 알싸했다. 아마도 그 바다에 섞여있을지 모를 쿠바의 눈물이 내 목구멍에 남은 건 아니었을까. 맥주 캔을 들어 상표를 확인했다. 맥주도 쿠바 것이 아니었다. 두 개는 마셔야 한다고 손짓으로 이야기하는 아저씨에게서 한 개를 더 샀다. 아저씨는 흡족한 미소를 지으며 수레에 기대어 "Cerveza! Agua!"를 외쳤다.

  맥주를 마시며 걷다 보니 사람들의 시선이 집중된 곳에서 음악이 들렸다. 웅성거리는 사람들 사이로 화려한 옷을 입은 늘씬한 여자들이 있었다. 여자들은 음악에 맞춰 엉

덩이를 흔들며 춤을 추고 있었다. 파티에 가려고 치장을 한 모습이었다. 지금까지 본 쿠바 사람들과는 많이 달랐다. 카메라와 조명, 반사판을 들고 그 여자들을 촬영하고 있었다. 그 모습을 카메라에 담고 있는데 스태프로 보이는 한 남자가 먼저 말을 걸어왔다.

"어느 나라에서 왔어요?"

독특한 발음의 영어였다. 쿠바에서 만난 사람들은 한국에서 왔다고 하면 북쪽인지 남쪽인지를 재차 물었다. 몇 번 경험을 한 후에는 반드시 남쪽에서 왔다고 먼저 이야기를 해주는 게 수월했다.

"꼬레아, 싸우스 꼬레아"라고 답을 했다.

"앙뇽하쎄요. 쏴랑해요. 강낭스따일."

서툰 발음이었다. 쿠바의 유명한 래퍼인데 뮤직비디오를 찍고 있다고 했다. 남자는 사진을 찍고 있던 나를 사람들 틈에서 꺼내 제일 앞자리에 설 수 있게 배려도 해주었다. 덕분에 근사한 사진을 남길 수 있었다.

비자와 비슷한 효력의 여행증명서 문제를 해결해야 했

고 체크카드 분실로 아찔하게 시작한 쿠바 여행이다. 쿠바는 아주 천천히 그 속살을 보여주었다. 번쩍이는 올드카가 그랬고, 체 게바라Ernest "Che" Guevara와 카밀로 시엔푸에고스Camilo Sienfuegos의 초상이 있는 혁명 광장에 얼룩진 올드카의 기름 흔적이 그랬다. 음악이 없어도 엉덩이를 흔들 줄 아는 어린아이들이 그랬고, 저녁 무렵이면 집 앞에서 쿵쾅거리는 노래를 따라 부르는 동네 청년들이 그랬다. 우리처럼 복권을 사고 있는 사람들, 장난감 상점 앞에서 손가락을 빨고 있는 아이들의 모습에서 쿠바의 진짜 얼굴을 마주했다. 싸구려 시가나 쿠바산 양주를 팔기 위해 접근하는 사람도 있었지만 그들의 눈빛조차 선하게 느껴졌다. 거절하는 손짓 한 번이면 그대로 물러설 줄도 아는 사람들이었다.

쿠바는 정전이 자주 찾아왔다. 하지만 그들은 어떠한 동요도 없이 일상을 보냈다. 어둠 속을 태연히 살아가는 그들 속에서 지나치게 많은 것을 가지고 있는 나를 발견했다. 조그마한 불편도 참지 못했고 작은 얼룩에도 옷을 통째로 빨아야 하는 내 삶과 마주할 수 있었다. 조금만 어두워도

그곳에 내가 있었네

스위치를 찾는 내 버릇과 아주 희미한 비린내에도 얼굴을 찡그리며 코를 막는 내 모습을 쿠바에 살고 있는 사람들에게 비춰볼 수 있었다. 잦은 정전의 쿠바는 많은 생각을 비춰주었다.

이른 오후부터 밤늦도록 정전이 된 날이 있었다. 긴 시간의 정전은 도시 전체를 깜깜하게 만들었다. 언제쯤 전기가 들어올지 야리에게 물었지만 발전소와 시청에 전화해 보는 일이 전부라 자신도 알 수 없다고 했다. 이런 일이 자주 있으니 익숙해지는 게 좋을 거라며 시큰둥했다. 정전이 계속되면 내일 아침 식사는 준비가 되는 걸까. 나는 내일 아침을 걱정했다. 그러다가 말레콘에서 낚시하던 남자가 생각났다. 그래, 내일 아침 식사는 내일 걱정하자. 나에게 내일이 오지 않을지도 모르니까.

잠을 자는 동안에도 여전히 전기는 들어오지 않았던가 보다. 콘센트에 꽂아놓은 핸드폰이 방전되어 버렸다. 하지만 걱정했던 아침 식사는 전날과 똑같은 모습으로 차려져 있었다. 따뜻한 빵, 말랑하게 녹은 버터, 반달 모양의 계란 프라이와 완벽한 커피까지. 식사를 준비해 주는 아주머

니는 계란 프라이는 2층에서, 커피는 4층을 오가며 준비했다고 말하며 찡긋하고 윙크를 날려주었다. 아주머니에게 고맙다는 인사를 하고 아침을 먹었다. 결국 내가 전날 밤에 했던 오늘 아침 식사 걱정은 하지 않아도 되는, 쓸데없는 걱정이 되어버린 셈이었다.

부족함을 안다는 건 가져본 자만이 느낄 수 있는 사치라고 했다. 스쿠버다이빙을 할 때마다 느끼지만, 물속에서는 내 몸이 젖어있는지 알 수가 없다. 물속에서는 온통 젖어있어, 그렇지 않은 것과 비교할 수가 없어서다. 쿠바는 그대로 나를 젖게 했다. 아니 그 속에 들어가 있어 내가 젖어있는지 알 수 없었다. 쿠바를 떠나며 쿠바를 사랑하고 있다는 걸 알았다. 🔲

그곳에 내가 있었네

에필로그

그리고 여행의 시작

집을 나서서 아파트 단지 바깥으로 가려면 반드시 두 갈래 길 중 하나를 택해야 한다. 한쪽은 왕벚나무가 하늘을 짙게 가리고 있어 따뜻한 봄날의 숲속 같은 길이다. 길이 예뻐 산책하는 사람도 많다. 그 길은 포근하다. 다른 길은 산자락이 만든 그늘 아래 앙상한 나무가 늘어서 있다. 길은 이리저리 굽어있고 과속방지턱도 많아 운전이 조심스럽다. 통행량도 적고 습해서 이끼도 많다. 그래서 쓸쓸하다. 낯설게 느껴지는 그 길은 나에게 말을 걸어오는 것 같지만 쉽게 알아듣지 못해서, 하나의 단어 하나의 문장으로 표현하기 어렵다. 하지만 간혹, 아주 가끔 외로워지고 혼자 있고 싶은 그런 날, 나를 고독하게 만들고 싶은 날이면 그 길을 택하곤 한다. 여전히 그 길은 말을 하지만 나는 알아들을 수 없다.

손을 뻗으면 잡힐 듯이 하늘이 무겁게 내려앉아 있던 어느 날, 이웃 도시의 도서관을 찾아가던 날에 그 길을 택했다. 우회전하라는 내비게이션 음성을 듣지 못한 건지, 들으려 하지 않은 건지 무심결에 좌회전을 했다. 어린이 보호 구역인 걸 확인했고 더 이상 속도를 올리지 않았다. 나보다 빠른 속도로 옆을 스쳐 지나는 자동차를 곁눈질했다. 길을 잘못 들었다는 건 내비게이션의 목소리로 알아챘다. 차가운 감정조차 느낄 수 없는 내비게이션 음성은 최적의 경로를 다시 탐색한다고 말했고 이내 유턴하라고 했다. 어디로 돌아가야 할지 몰라 잠시 멈칫했지만 이내 바른길로 돌아왔다.

여행을 하다 보면 길을 잃는 일이 종종 생긴다. 여행이 길면 길수록 그런 일이 더 많을 수밖에 없다. 어쩌면 그 여행은 처음부터 끝까지 통째로 길을 잃은 여행이었는지도 모른다. 여행에서 밥을 먹었고 잠을 잤고 다른 여행자와 비슷한 곳을 구경했고 유명한 곳을 배경으로 사진을 찍었다. 사진 속에 멈춰있는 내 표정은 많은 여행자와 다르지 않았다. 두 손가락을 펼쳐 V자를 만드는 것까지도 그들과 같았다. 나는 긴 여행 속에서 무얼 하고 있었던 걸까. 이 질문은 외로움과 쓸쓸함을 함께 가져와 나를 고독하게 바꿔놓았다. 마치 쓸쓸한 길을 택했을 때처럼. 감춰두었던 고독은 때때로 슬며시 배어 나와 나를 다시 적시곤 한다. 내게 여

그곳에 내가 있었네

행은 외롭고 쓸쓸한 것. 그것이 내가 가지고 있고 알고 있는, 그리고 내가 경험한 여행의 전부인지도 모른다. 원하든 그렇지 않든.

여행은 돌아온다는 것을, 돌아갈 곳이 있다는 말을 전제로 한다. 그래서 떠난다는 건 '반드시 돌아온다'는 것과 같은 말이다. 때로는 돌아오지 않는 여행이 있지 않을까 하는 생각을 한다. 돌아올 수 없는, 돌아갈 곳이 없는 여행이 있다면 선택은 간단하다. 그것은 두려운 일이 아니다. 읽고 쓰고 숨 쉬는 모든 일이 돌아오지 않는 여행, 돌아갈 곳 없는 여행이니까. 그래서 또 다른 여행을 계속해서 꿈꾸고 있는지도 모르겠다.

언젠가 공항 가던 길 리무진 버스에서 무심결에 쳐다본 버스 창문에 적혀있던 글자, '천국제공'. 버스 창문에 크게 붙어있는 '인천국제공항'에서 앞 글자 하나와 뒷글자 하나씩이 절묘하게 커튼에 가려져 있었다. 한 자, 한 자 또박또박 읊조렸다. 다시 한번 '천국제공'. 공항으로 향하는 버스는 나를 천국으로 데려다준다고 했다. 천국이 있기는 한 걸

까. 그래, 죽지 않고 경험할 수 있는 천국이 있다면 여행이
유일한 방법일지도 모른다. 나는 어디로 가고 있었을까.

　여행에서는 하루 세 번, 끼니마다 다른 재료로 남이 차
려준 밥을 먹게 된다. 설거지도 빨래도 청소도 걱정할 필요
가 없다. 구름처럼 하얀 시트가 깔린 솜사탕 같은 침대 위
에 몸을 뉘어놓으면 된다. 비행기를 타면 구름이 발아래 있
으니 천국에 조금 더 가까워졌을 수도 있다. 그런 천국을
경험하고 싶어서 여행을 다녔던 것인지도 모른다.

그곳에 내가 있었네

여행에서 찾은 천국은 무엇이었을까. 나는 천국을 찾은 걸까. 찾았는지 조차 알 수 없다. 지금도 나에게 맞는 여행을 찾아 계속 떠나고 있다. 숨 쉬고 있는 지금이 여행이니까. 그리고 돌아갈 그곳이 '반드시'있으니까. 그래서 '나의 여행'은 이어지리라 믿는다. 그 여행을 계속하고 싶다. 외롭고 쓸쓸해도 그것이 내가 해야 하는 여행이니까. 읽고 쓰고 숨 쉬고 있는 이 모든 것이 고독해도 말이다. 🏛

캄보디아 대만 홍콩 인도네시아 일본 라오스 말레이시아 필리핀 태국 베트남 오스트리아 체코 프랑스 그리스 이탈리아 스페인 우크라이나 바티칸시국 쿠바 멕시코 그리고...

20개 나라 52개 도시 여행 중

그곳에 내가 있었네 조성진

© 조성진 2024

초판 1쇄 발행 2024년 10월 21일
초판 2쇄 발행 2024년 11월 7일

글·사진 조성진 / neilson@daum.net
내지디자인 조성진
편집 박윤정 / yjp8790@hanmail.net
표지디자인 김준명 / sonigood@naver.com

발행인 김영도
발행처 해뜰참
등록 2022년 1월 4일(제516-2022-000001호)
주소 경북 경산시 압량읍 압독4로 12
전자우편 dudeh16@naver.com
전화 053-812-9283

ISBN 979-11-977509-3-9